CARROUSEL

Livre - III

Das Kind

Michel LAMPLE

ఞ Décembre 2022 ఞ

Rév: V1.6.3 Décembre 2022

ISBN: 978-2-9585610-4-8

Dépôt légal : Janvier 2022

À mon ami Sylvain,
qui m'a inspiré cette belle idée.

Chapitre I

Lipo

Dans la petite ville de Hans Jacob, se trouvait un très ancien et très fameux restaurant. Oh ! pas fameux pour la cuisine de son chef, qui vous servait ses éternelles saucisses bien grasses, ses choucroutes bien hautes, et ses soupes aux choux et au lard, ou plutôt l'inverse.

Non, si la place était fameuse, c'était surtout pour son cadre rustique, son ambiance boisée. Ses longs bancs où, en hiver, se serraient les anciens du village quand ils venaient y vider leur sac autant que leur chopine ; c'était aussi pour ses épaisses poutres tortueuses de bois brut, encore assez hautes pour les vieux, mais trop basses pour les jeunes générations qui s'y cognaient la tête à grand bruit, et à grand rire des premiers.

Et puis enfin, il y avait, tout au fond à gauche, ce gros bahut mystérieux dont les riches décors de chêne peint et vernis, cachaient un orgue magnifique, avec un ensemble complet de claviers et de percussions mécaniques.

Si le répertoire en bandes perforées n'était pas très varié, les quelques touristes de passage s'en contentaient : dès que la serveuse mettait en route sa soufflerie, l'orchestre en boîte frappait fort et sonnait clair.

Mais sa musique restait rare : pour tout le village, l'instrument devait rester clos, dans son sarcophage, comme le symbole d'une ancienne joie de vivre, d'une liberté révolue, que gardaient encore jalousement quelques vieux vétérans, attablés devant lui, les coudes sur d'épaisses planches dans lesquelles ils avaient planté bien des couteaux.

Pour Hans et ses amis —eux que le régime eut volontiers qualifiés de « *terroristes* »— la place était idéale pour s'y retrouver. Puisque tout le monde se connaissait : chacun étant le père de l'autre, le cousin du premier, le fils du second, ou simplement son voisin, n'importe quel agent des services de l'état aurait vite été remarqué de tous, plus encore qu'un touriste japonais rentré là par hasard, ou qu'un végétarien qui aurait commandé une salade verte... avec un verre d'eau !

À table ou bien au bar, Hans y croisait donc ses *amis très spéciaux* : jeunes et moins jeunes des corpuscules d'étudiants, foreurs de tunnels sous le mur de Berlin, amateurs de coup de main, ou agents de renseignement... le colonel Roberts en était, et plus rarement le docteur Gabriel.

Or, c'est ici même, on s'en souvient[1], que Hans avait demandé au vieux docteur de le *tuer*... pour ensuite le *ranimer*. Si, à cette occasion, le cœur du jeune homme était bien reparti, celui du vieil homme avait bien failli s'arrêter, tellement il s'était retrouvé submergé par l'angoisse. Le docteur en avait gardé un âpre souvenir, aussi, quelle ne fut pas l'étonnement de Hans de recevoir l'invitation du vieux bonhomme à le rejoindre dans ce même restaurant pour des révélations « *très spéciales* ».

* * *

— Un dignitaire chilien est venu dans la clinique pour se faire refaire le ventre, disait, en chuchotant, le docteur Gabriel, tout en se penchant avec circonspection vers le jeune homme assis en face de lui.

— Pour se *refaire le ventre* ? articulait Hans tout en appelant la serveuse pour une première commande de bière.

— Oui, une *liposuccion !* et...

— Allons-bon, les mecs se font faire des liposuccions maintenant ?... une *Schwarzbier* pour toi aussi ?

Le docteur Gabriel acquiesça distraitement pendant que Hans faisait du gringue à la serveuse : « *Helena, vous voudrez bien nous apporter deux Köstritzer s'il vous plaît ?* »

— Bien sûr, continuait le docteur toujours très concentré, c'est fréquent avant l'été les liposuccions ! Il y en a de plus en plus qui passent chez-nous pour

---

1. CARROUSEL – Livre I : *Le Styx*

ce genre d'intervention : les *gras-et-gros* du parti, les amis diplomates, de plus en plus d'industriels, et maintenant, les petits copains de l'étranger sous le prétexte d'une mission diplomatique. Tous viennent chez-nous se faire une nouvelle silhouette pour les plages et leurs minettes...

— ... ou l'inverse !

— Ou l'inverse ?... Ah ! euh oui bien sûr... et donc j'ai reçu un type très haut placé au Chili pour une mission diplomatique et...

— Mais attends, interrompit encore Hans en plaisantant à moitié, tu reçois des diplomates dans ta clinique pourrie maintenant ?

— Eh oui ! Parce que chez nous, ils peuvent venir en toute discrétion et repartir ni vu ni connu... Ahhh mais cesse donc de me couper...

Le docteur était tendu et inquiet, Hans cessa ses taquineries et laissa son interlocuteur poursuivre en paix, lui qui paraissait aussi stressé qu'un élève à son examen de passage.

— Mais qu'importe, parce que l'important, c'est que c'est moi qui fais leur anesthésie, une anesthésie légère, mais qui oblige un passage dans ma salle de réveil, et c'est là qu'ils *causent* !

Le docteur s'était encore plus penché sur la table et disait ces derniers mots en se regardant, inquiet, tout autour de lui.

Mais il n'y·avait dans la salle que les vieux habitués du village, bien gais et bruyants autour de leur longue table. Dans l'autre coin, en compagnie d'un négociant en alcools, on reconnaissait le dos, large et voûté de

Monsieur Müller, le bouilleur de cru, et enfin, un grand homme aux cheveux blancs, très élégamment vêtu lisait son journal à la lumière des vitraux de l'entrée... c'était un tranquille représentant de commerce, un habitué qui prenait son temps et s'arrêtait dans ce restaurant toutes les semaines... Tout était donc normal.

Alors de la tête, Hans rassura le vieux docteur et l'invita à poursuivre :

— « *Ils causent* » dis-tu, mais qu'est-ce que tu veux dire par là ?

— Eh bien, quand l'anesthésie se dissipe, tu dors encore, mais tu te mets à parler... ça sort tout seul, sans qu'ils s'en rendent compte, et surtout, sans qu'ils s'en souviennent !

Le docteur se tut encore une fois, et se redressa pour laisser à Hans le soin de réceptionner les bières et le saucisson... ce qu'il fit avec des yeux gourmands et... un grand sourire pour la serveuse.

« *Santé !* » dit-il enfin en levant son verre pour le docteur qui ne se sentait pas aussi assoiffé. Puis après une première lampée de bière, Hans demanda :

— Et ton Chilien alors, que vient-il faire là-dedans ?

— C'est ce que je voulais te dire : sur son lit dans la salle de réveil, celui-là était un vrai moulin à paroles ! Et comme je parle bien l'espagnol, j'ai tout de suite compris à qui j'avais affaire...

On rentrait dans le vif du sujet. Derrière sa haute chopine de bière, Hans regardait attentivement son docteur, tendu comme une corde à piano, et dont les yeux roulaient anxieusement à gauche et à droite dès qu'une voix se faisait plus haute qu'une autre.

— Et j'ai aussi remarqué que le bonhomme voulait toujours garder son porte-documents près de lui. Il ne s'en est jamais séparé, même pendant l'opération, curieux non ? Alors pendant qu'il dormait, je l'ai ouvert et j'ai tout photographié... tu vas voir !

Et sur la table, le docteur Gabriel fit fièrement glisser une grande enveloppe, épaisse de plusieurs photographies noir et blanc, qu'il avait lui-même développées et tirées.

— Wouaou ! chapeau docteur, quel boulot ! disait Hans en entrouvrant l'enveloppe et mesurant la quantité de photographies qui s'y trouvaient.

Le docteur Gabriel, toujours à la peine avec sa fierté personnelle et légitime, se redressait sur son banc : « *Mais vas-y, jette donc un œil !* »

Alors les deux prirent d'abord le temps de bien regarder une dernière fois tout autour d'eux : les vieux continuaient à pérorer sur les dates des récoltes, monsieur Müller et son acheteur scellaient leur accord en cognant leur chopine, et près de l'entrée, l'homme élégant tournait une nouvelle page de son journal. Alors Hans sortit l'une après l'autre, les photographies que Gabriel commentait.

— Tu vois, mon client est le chef d'un puissant gang mafieux du Chili.

— *Jeff Cuadrado,* c'est lui là sur la photo ?

— Oui, j'ai pris son portrait sur son lit au bloc !

— Tu as bien fait... et donc ?

— Il est venu ici en RDA pour des achats d'armes, et il en a profité pour se faire refaire le ventre au *Schwartzberg* !

— Acheter des armes... comme tant d'autres en somme, c'est très banal !

— Oui, mais regarde ce papier, tu vas comprendre : il a le projet de se regrouper avec d'autres clans, pour mener une, soi-disant, *révolution populaire.*

— On a déjà vu ça, Gabriel, c'est le mot que tous utilisent pour justifier leurs achats d'armes !

Le docteur Gabriel s'énervait :

— Oui oui... mais dans ce qu'il racontait dans son sommeil, j'ai bien compris que son objectif n'était autre que de faire un coup d'état au Chili, et de généraliser ses pratiques mafieuses à son profit personnel.

— Mouais, admettons...

— Tu vois ce mémo, continuait le docteur, c'est en espagnol mais tu pourras lire qu'il a un projet d'association avec un autre clan, celui de *Juan-Alexandro Caminante* : à eux deux, ils constitueraient une force à même de prendre les rênes du pays tout entier.

Hans était toujours dubitatif.

— Le pays tout entier...

— Sauf que *Jeff Cuadrado* l'a bien dit dans son délire sur ma table : à terme, il veut s'accaparer le pouvoir pour lui tout seul, son association avec l'autre mafioso, *Caminante,* n'est qu'un prétexte ! Alors tu imagines bien ce qui va suivre : une dictature, une guerre civile peut-être !

Hans dodelinait, examinant une à une, les pièces photographiées par le docteur Gabriel. De temps en temps, il relevait la tête pour faire un tour d'horizon, ou bien prenait le temps de dévisager chaque personne qui faisait son entrée dans le restaurant : le postier, un livreur qui avait arrêté son camion devant la taverne...

Le docteur se frottait fébrilement les mains, il se sentait l'âme d'un enfant qui jouait à la guerre, mais tellement loin d'en avoir l'âge et l'insouciance. Il savait bien que sa vie était déjà derrière lui ; il avait compris que la vieillesse, c'est comme un chemin en perspective dans un tableau de maître : la fin vous semble lointaine, en fait elle vous colle au nez !

Mais depuis que le docteur avait croisé la route de ce Hans Jacob, depuis qu'il l'avait vu partir en enfer, et surtout en revenir, il savait aussi que son futur à lui —le futur de son âme déjà entachée de mille péchés— se jouait là, maintenant, sur cette table de chêne où il avait une chance ultime de *devenir quelqu'un*, du moins, quelqu'un de bien.

— Voilà, si tu trouves ça intéressant... dit-il enfin d'un air faussement désintéressé, mais en fait pressé de recueillir l'assentiment du jeune aventurier.

— Bien sûr que c'est intéressant !... répondit enfin Hans en levant les sourcils d'admiration, et c'est même un excellent travail.

— Vr... vraiment ?

— Mais oui, et je vais transmettre ça en haut lieu, je suis certain que ça les intéressera.

Pour le vieux docteur, c'était comme s'il venait de finir un cent mètres !

Il se sentit enfin respirer. Ces mots et marques de reconnaissance venant de son ami étaient comme autant d'oxygène : tellement importantes pour lui qui cherchait constamment à se faire une place honorable dans cette société secrète ; lui qui auparavant, s'était construit une place abjecte dans l'autre, en tant que fidèle serviteur d'un pouvoir qu'il honnissait maintenant, comme homme de main employé aux basses œuvres, et même comme son bourreau, en éliminant tellement de ses opposants sur sa propre table d'opérations.

Devant lui, Hans faisait des signes pour qu'on leur apportât une nouvelle bière tout en replaçant, une à une, les photographies dans leur enveloppe :

— Et en plus ce gars-là a écrit en gros « *Révolution Populaire !* » sur son rapport, tu parles... tout ça pour avoir l'aval de notre parti évidemment ! Avec autant de lettres si grosses et si grasses, je comprends qu'il lui soit venu l'idée d'une liposuccion chez toi !

* * *

Quelques jours plus tard, alors que l'hiver battait son plein à l'approche de son solstice, Hans Jacob s'était retrouvé sur la surface gelée d'un lac, non loin de sa petite ville.

C'était encore entre chien et loup, et autour de la grande étendue glacée du lac de montagne, montait une ceinture de collines enneigées, dont les hauteurs se confondaient encore avec le gris du ciel. Sur les coteaux, bois et guérets s'étaient couverts d'une épaisse couche de givre qu'aucune brise ne viendrait faire tomber, excepté, peut être, leur propre poids. Le calme et la quiétude des lieux étaient comme la lumière de cette aube : sans couleur.

En hiver, les habitants de la ville avaient l'habitude de se regrouper sur le lac pour patiner, ou bien pour des parties de pêche au travers de trous dans la glace, qu'entretenaient, pour deux sous, des groupes d'enfants qui passaient d'un *client* à l'autre.

Ainsi, dès potron-minet, Hans s'était installé devant son trou de pêche. Il avait glissé la pièce à quelques gamins qui, après avoir alésé le puits de glace, l'en avaient débarrassé des glaçons qui flottaient à la surface puis étaient repartis vers d'autres pêcheurs en riant et en se tapant les mains.

Maintenant, assis sur un petit tabouret pliant et agitant doucement une petite baguette de bois au bout de laquelle pendait sa ligne, Hans attendit que mordent les truites, les ombles ou les perches.

Il frissonna de devoir attendre ainsi, immobile devant son trou : de toute évidence, ça ne serait pas aujourd'hui que le soleil daignerait percer l'épais brouillard : depuis des jours, la brume faisait office de ciel. Mais d'un autre côté, la pêche promettait d'être fructueuse : très vite, Hans commença de sortir des poissons de bonne taille, qu'il décrochait aussitôt, et abandonnait sur la glace pour une congélation quasi-immédiate.

Il faisait froid, très froid et ces quelques mouvements pour sortir et décrocher ses prises étaient les bienvenus pour ne pas geler sur place au côté de ses poissons.

Autour de lui, les pêcheurs du matin rejoignaient leur emplacement, ou bien croisaient en les saluant, ceux qui quittaient déjà le lac une fois leur déjeuner sorti de l'eau. En passant près de Hans, ils échangeaient quelques mondanités, salutations ou avis. Comme cet homme grand et élancé —un touriste sans doute— qui, en voyant toutes les captures de Hans, lui demanda de le conseiller sur un trou de pêche favorable.

— Mais celui-là, à cinq mètres ! répondit ce dernier à l'homme dont il ne voyait pas le visage.

Et Hans vit le bonhomme qui regardait l'emplacement d'un petit orifice, à peine discernable dans la neige. Visiblement peu habitué à ces parties de pêche hivernale, celui-là n'osait pas s'y lancer.

— Attendez, rajouta Hans, je vais appeler les gamins pour qu'ils vous l'ouvrent.

Il poussa un coup de sifflet et fit quelques signes de la main. Aussitôt, un groupe d'enfants se précipita pour préparer le trou de glace pour ce nouveau pêcheur.

Ce dernier attendit bien tranquillement, les mains dans les poches d'un long manteau de ville. Il avait des chaussures cirées et portait un chapeau à larges bords... accoutrement incongru qui dénotait franchement avec celui des autres pêcheurs du lac, couverts de pied en cap pour supporter une longue attente dans le froid.

Par ailleurs, comme le bonhomme n'était, curieusement, muni d'aucun matériel de pêche, les gamins furent tout contents de lui louer pour quelques pièces, tout ce qu'il fallait de ligne, d'appâts et même un tabouret.

— Mettez-vous face au soleil, conseilla enfin Hans à l'homme qui prenait place.

— Face au soleil ?

— Oui, c'est-à-dire dos au quai !

L'homme se retourna une seconde vers les quais : il y avait là-bas une route au bord de l'eau et un long sentier de promenade faisant le tour du lac. Les habitués, tout comme les touristes, avaient coutume de garer leur voiture là-bas, et de faire le reste de la balade à pied. D'ailleurs, quelques véhicules stationnaient déjà sur la rive, ceux des pêcheurs ou des promeneurs du dimanche, et encore d'autres véhicules...

— Bien sûr ! dit l'homme après avoir longuement plissé les yeux vers le parking. Et il s'assit ainsi que lui avait conseillé Hans.

Dans le silence gelé du lac, chacun se concentrait silencieusement sur sa pêche. Dans cette atmosphère gelée, il n'y avait que les rires des gamins qui couraient sur la glace, et quelques cris de joie quand un pêcheur sortait sa plus belle prise. Il fallut ainsi de longues minutes d'attente dans le froid qui glissait sur eux, pour qu'enfin, Hans et l'homme daignent échanger leurs premiers commentaires :

— Alors, la pêche est bonne ? demanda d'abord l'homme, qui était bien à la peine avec sa ligne, alors que dans l'intervalle, Hans avait sorti son troisième poisson.

— Un gros poisson... je crois que c'est une espèce qu'on trouve aussi dans les lacs du Chili... répondit Hans, en brandissant haut la main, sa plus belle truite déjà toute raide.

— Du Chili, vraiment ? C'est que, j'avoue ne pas connaître grand-chose sur cette espèce !

— C'est une espèce dangereuse, si on la laisse faire elle aura vite-fait de semer la pagaille dans le lac.

— Vraiment ? Je serais curieux de voir ça.

— Vous allez en attraper, vous verrez, répondit Hans en rassemblant ses affaires et sa pêche, et se préparant à quitter sa place.

— Hum, je crois que je n'attraperai rien dans mon trou, répondit le grand bonhomme qui examinait sa ligne avec dépit.

— Eh bien, venez dans le mien, je vous laisse ma ligne, vous aurez sûrement plus de chance.

Et Hans, avec son tabouret pliant sous le bras et ses quelques poissons dans leur nasse, salua silencieusement, et prit la direction du quai. Dans son dos, son visiteur s'installait à sa place, et commençait d'agiter la petite canne de bois que Hans lui avait laissée.

À peine Hans quittait le lac gelé, et passait tranquillement devant la voiture des deux agents de la *STASI* qui, jusque-là, le surveillaient aux jumelles, que son interlocuteur sortait de l'eau une jolie truite qui sembla immédiatement faire sa joie ainsi que son affaire : il la déposa dans un petit sac, et à son tour, s'en alla.

* * *

Quelques heures après sa pêche, et après une longue route pour le ramener chez-lui, ce même homme regagnait ses appartements ou cœur de l'ambassade des USA.

Avant même de se débarrasser de son manteau, il déposa à la cuisine le sac contenant le poisson puis, à la vieille dame qu'il croisait dans le couloir, il dit tout simplement :

— Dans la truite...

Et il ne fallut pas plus d'une minute à la vieille dame, pour rapporter à celui qu'elle appela « *Colonel Roberts...* » et qui patientait dans son salon avec un verre de Whisky à la main, une soucoupe où roulait une petite capsule, comme un médicament qu'aurait avalé la truite... sauf que les truites ne se soignent pas aux gélules rouges et bleues.

Le colonel Roberts se lissa d'abord la moustache avant d'ouvrir délicatement la gélule. Il en sortit le microfilm que Hans Jacob avait discrètement glissé dans la gueule de la truite qu'il venait de sortir de l'eau avant de la re-plonger dans son trou de glace, toujours au bout de son hameçon.

Chapitre II

Le Père Noël

PASSANT enfin la porte du *B727*, Hans ne fut pas peu content de sentir sur son visage une première bouffée de l'air chaud des Amériques. Il descendit lentement les marches de l'escalier d'embarquement en respirant profondément, et surtout en expirant un peu plus à chaque pas, l'air vicié qu'il lui semblait avoir accumulé au fond de ses poumons après ce si long voyage.

Il s'enivrait de cet air du Sud, chauffé par un puissant soleil d'été, un air vivant, chargé de senteurs et de lumière, un air qu'il devinait descendre des sommets desséchés qui, à l'horizon, ceinturaient la vallée de *Santiago du Chili*.

Tout en gagnant le bus qui attendait les passagers sur le tarmac, il ressassait dans sa tête les quelques *opérations spéciales* que ses amis des *Services Secrets*

Américains l'avaient invité à réaliser ici... c'est-à-dire, pas grand-chose.

En effet, depuis son succès à Monaco[1], Hans bénéficiait d'un crédit très favorable auprès de ses employeurs américains : voilà qu'on s'adressait à lui avec quelques égards et qu'on l'estimait maintenant à sa juste valeur... Ce qui revenait à dire que ce voyage se présentait comme de très belles vacances.

Et quelles vacances !

Deux semaines sous le soleil pour rencontrer deux ou trois types sur lesquels il écrirait tout autant de petits mémos... et pour la forme, encore deux ou trois visites d'entreprises, et autant de déjeuners d'affaires —hâte de goûter à la cuisine locale— c'est à peu près tout ce qu'on lui demandait en haut lieu.

Alors le reste...

Le reste, se disait-il en dégrafant le bouton de sa chemise, ça serait ce long séjour sous les chaleurs australes, sous ce soleil qui lui brûlait les yeux, ce maraudeur, ce traître de soleil qui avait délaissé le ciel de sa petite ville d'Europe en contrepartie d'une chape grise, monotone et triste. Mais voilà qu'il en retrouvait toute la chaleur et la caresse : la peau de son visage s'en souvenait ! Alors ça valait bien le pardon immédiat de toutes ses infidélités !

Et puis, se disait-il encore, qui était le fraudeur ? Phœbus le lent marcheur solitaire, ou bien lui, l'homme qui venait de profiter de la magie des transports trans-continentaux, cette « *tricherie* » des long-courriers avec la géographie, ce genre de filouterie dont il

____

1. CARROUSEL – Livre II : *Jealousy*

avait lui-même usé, quelques années auparavant, pour franchir le fleuve des morts [2].

* * *

Les douanes chiliennes passées, Hans Jacob s'arrêta à la première boutique de l'aéroport pour s'acheter des lunettes de soleil. Il le fallait bien !

Parce que c'était là aussi le paradoxe de l'été austral : Noël arrivait, et lui, cherchait de quoi protéger ses yeux d'un ardent soleil d'été !

Et en effet, dans l'immense hall, pendaient des kilomètres de guirlandes de Noël ; au-dessous d'elles, s'alignaient tout autant de sapins, de stands et de boutiques richement décorées, débordant de cadeaux dédouanés, parfums, jouets, alcools et friandises.

Hans était encore à ses essayages quand il s'aperçut que dans son dos, il y avait un père Noël enjoué qui, avec une assistante bien sexy, recevait les enfants sur sa haute estrade, au pied d'un majestueux sapin des Andes.

Il y avait bien là de quoi sourire, se disait-il en les voyant jeter en l'air des cotillons et des poignées de confettis, et il se demandait même comment ce bonhomme-là pouvait rester ainsi engoncé dans son gros manteau rouge alors que, par cette chaleur, lui était déjà en sueur !

Il acheta ses lunettes, et tout en s'éloignant dans la cohue pour rejoindre le quai des taxis, il entendit sou-

---

2. CARROUSEL – Livre I : *Le Styx*

dainement la voix du père Noël qui râlait : *« Ah ! Pfff, mais qu'il fait chaud ! »*

* * *

Curieux cette voix dans sa tête... se disait Hans Jacob en cherchant son chemin ; c'était comme une voix provenant de tous les hauts-parleurs à la fois, une voix de nulle part...

Et il lui parut même, qu'elle fut dite dans sa propre langue !

Mais c'est qu'il l'entendit même une seconde fois :

« Il fait tellement chaud que ça commence à me gonfler ! »

Hans s'arrêta net : cette voix... il lui semblait bien en reconnaître des intonations familières... celles de...

Mais non, pas ici !

Il fit volte-face : là-bas sous le grand sapin, était le stand du père Noël. Il se rapprocha avec quelque hésitation en remontant la foule qui gagnait les sorties ; il pouvait le voir, perché là-bas sur son estrade, assis sur un tabouret, et qui recevait avec bonhomie les parents et leurs enfants. Non loin de lui, une jolie assistante distribuait une montagne de cadeaux aux gamins agglutinés autour d'elle.

Mais plus Hans se rapprochait, plus il pouvait entrevoir les choses sous un autre jour : d'abord, il remarqua que, contrairement à ce qu'il avait cru au premier abord, ça n'était pas les enfants, mais leurs parents que le père Noël faisait asseoir sur ses genoux, alors que leur progéniture était confiée son assistante. Et encore plus étrange, plus il se rapprochait, plus il pouvait entendre leur étonnante conversation... dans sa tête !

— Ah ! Émilia, disait le père Noël à la maman qui s'était posée sur ses genoux, eh bien, tu sais quoi ? en toi, il y a un cancer, et il va t'emporter dans deux mois.

— Mais, répondait la mère comme dans un enchantement, je ne pourrais pas avoir plus de temps... pour mon petit ?

Et elle tendait un bras timide vers son enfant qui choisissait son cadeau.

— Voyons Émilia, c'est exactement ce que te demandait Monsieur Espenza la semaine dernière : « *Je ne pourrais pas avoir plus de temps pour rembourser mon prêt ?* » et aussi madame Perez, la famille Da Silva et j'en passe, qui venaient te voir à ta banque, tu te souviens ? Ils te demandaient tous la même chose : du temps ! du temps pour rembourser leurs dettes, et que leur répondais-tu alors Émilia ?

— Je leur répondant que *telles étaient les règles* !

— Tsss, voyons Émilia... alors que tu en avais le pouvoir... Eh bien ma petite Émilia, les règles que tu imposes aux autres seront aussi celles qui s'imposeront à toi : non tu n'auras pas plus de temps ! Mercredi vingt-deux février, avant que le jour ne se lève, ton enfant aura perdu sa maman... et toi, tu n'auras pas un jour, pas une heure de plus. Telles sont les règles, puisque telles sont tes règles !

Et Hans entendit celui qui n'était autre que le Diable en personne, partir d'un grand rire, un rire bien sonore, mais que personne n'entendait dans le hall, personne... excepté lui.

Il resta là, immobile, pétrifié par ce rire, et toujours bousculé par la foule qui passait devant lui... foule d'anonymes aux regards vagues et qui n'avait rien entendu de cette étrange et terrible conversation.

Puis, alors que la mère reprenait son enfant et semblait se réveiller d'un étrange rêve qui la laissait songeuse, il pouvait voir un autre bonhomme qui arrivait à son tour sur l'estrade.

— Ah ! Felipe-Vincente, viens... Viens t'asseoir là, insistait le Diable en l'invitant de la main.

Et Hans vit le monsieur d'un certain âge, en costume de tailleur et chaussures bien luisantes, qui allait s'asseoir comme un gamin sur les genoux du Diable, alors que son enfant, lui aussi richement vêtu d'une chemise de soie, continuait vers son assistante. Hans se rapprocha plus encore de l'estrade... l'assistante du père Noël, n'était autre que la Bête du Diable.

Il la reconnut tout de suite : empomponnée des pieds jusqu'au bonnet, et habillée d'une tenue plus que légère, avec une jupe très courte découvrant ses longues jambes en bas résille. Sous le regard polisson de tous les pères de l'aéroport, ainsi que celui —plus ombrageux— des mères, elle faisait de son mieux pour satisfaire leurs enfants : « *Bon c'est ça que tu veux ?* » demandait-elle avec énervement en présentant une poupée au petit garçon. Visiblement débordée, question jouets, elle n'avait pas l'air très au courant des goûts et des habitudes des petits et des grands qui tendaient vainement leurs bras vers elle.

Mais de son côté, le Diable entretenait une très étrange conversation avec le gros bonhomme assis sur ses genoux. Il commença par lui taper sur le plastron :

— Felipe, comme tu es élégant ! Toi, tu es quelqu'un à qui tout réussi. Je vois que ça marche bien tes *pensions pour retraités* !

— Oui, je crois que j'ai bien réussi, répondit l'homme qui, les yeux grands ouverts sur le vide, répondait machinalement.

— Réussi, réussi... c'est vrai que ta position à toi est confortable : tu gagnes énormément, tu as des biens et du pouvoir... mais qu'en est-il de tes pensionnaires Felipe ?

— Oh, ceux-là ? Ils partent tous les pieds devant...

— Exactement, les pieds devant comme tu dis, et en ne désirant qu'une seule chose Felipe : c'est venir chez moi ! Oui, tu m'entends bien, ils veulent aller en enfer, tellement *ceux-là*, comme tu dis, sont déçus de leur vie et de ce monde : ils partent chargés de haine et d'un sentiment d'injustice qui les ronge au plus profond de leur âme. Et il faudrait que je te remercie de m'en envoyer autant Felipe ?

— Mais est-ce ma faute ?

— Eh oh ! Felipe... Ne t'a-t-on pas appris que ça comptait parmi les péchés capitaux que de se prendre pour moi ? Parce que faut dire que pour tes profits personnels, tu ne les ménages pas tes pensionnaires : tu leur prends le peu qu'ils ont, et en échange, ils sont mal nourris, injuriés et maltraités, abandonnés dans leur pisse avec une douche tous les quinze jours pour les débarrasser de leur merde. Tu les abandonnes et tu les laisses seuls à longueur de journée, à ruminer leur désespoir et cultiver leur rancœur !

— Mais il n'y a jamais eu aucune plainte.

— Allez... fais celui qui ne voit pas, hypocrite ! Voilà qu'en plus, tu pèches contre l'Esprit ! Mais tu te rendras compte assez vite de tout cela, Felipe, puisque c'est là que tu vas aller. Tu pensais que ta richesse t'en préserverait, mais non, et fais-moi confiance : abandonné des tiens, de tes femmes et de tes amis, je te le dis : toi aussi, tu iras dans tes propres pensions ; toi aussi, tu subiras dans une effroyable solitude ce que tu leur fais subir. Et ça durera très longtemps, parce qu'à toi, je promets une longue vie, Felipe, une longue vie dans l'enfer que toi-même, tu entretiens chaque jour pour les autres...

Arrivé machinalement au pied de l'estrade, Hans en fit le tour pour se poster directement sous l'assistante du père-Noël. Là, d'un petit signe de la main, il réussit enfin à capter son attention. Celle-ci eut un cri suraigu, bondit de joie, et depuis le haut de son estrade, sauta directement dans les bras de Hans.

— Hans ! Oh Hans...

— Mais que faites-vous là, vous jouez au père Noël ? demandait-il à celle qui le serrait si fort qu'elle avait même noué ses jambes autour de lui.

Dans leur dos, le père Noël en avait terminé avec ses bonaventures *« Ah ah ah... Allez, file Felipe ! »* lançait-il à son client qui se relevait sous les rires démoniaques de Satan, prenait son enfant par la main et s'éloignait dans une demi-hypnose.

Et alors que d'un geste de mépris, il poussait Felipe au loin, le Diable aperçu Hans Jacob au pied de l'estrade. Visiblement surpris, il retira son bonnet, sa longue barbe, et tout en ouvrant son manteau molletonné, il lança haut et fort :

— Mais c'est notre ami Hans Jacob, ce cher Hans !

À son tour, il descendit et vint les rejoindre tout en lançant à la Bête, qui dansait dans les bras de son Hans : « *Non mais tu peux te tenir toi... Et va te couvrir, l'homme et moi, il faut qu'on cause !* »

Elle s'éloigna alors en sautillant de joie pour aller, derrière le sapin, s'enfiler rapidement une nouvelle tenue moins voyante. De son côté, le Diable prit Hans par l'épaule, et tout en finissant de retirer sa perruque et accessoires, il l'invita à cheminer avec lui au milieu du grand hall :

— Et bien l'homme, je suppose que tu es en transit par ici ? tu es pressé, je présume, tu allais prendre ton avion ?

— Mais non, je venais juste d'arriver.

— Ah... !

Encore quelques pas pendant lesquels le Diable fut bien silencieux à s'arranger et lustrer sa moustache. Puis il continua tout en retirant ses faux sourcils blancs :

— Peut-être aurais-tu fait des rêves ? des songes ?

— Mais non aucun... pourquoi, il fallait ?

— Nooon, absolument pas. Mais alors qu'est-ce qui t'amène ici l'homme ?

— Eh bien, quelques petites affaires sans importance pour mon travail.

— Sans importance, dis-tu... Mouais.

— Tout à fait !... Sans importance. Mais et vous ? ne me dites pas que vous êtes venus ici, exprès pour jouer au père-Noël et dire la bonaventure à ces pauvres gens ?

— Pauvres, pauvres, comme tu y vas !... Non mais tu as entendu ce Felipe ? Ça faisait bien longtemps que je l'avais dans mon collimateur et...

— Vous êtes venus ici rien que pour eux ?

— Bien sûr que non... Enfin, pas vraiment, nous nous amusons tout au plus, c'est un voyage de... de détente, voilà, voilà...

Tous les deux, très nonchalamment, déambulaient au cœur du grand hall de l'aéroport.

— Ah, de détente, c'est vrai qu'il fait beau ici...

— Tout à fait, il fait vraiment très beau !

— Et chaud !

— Ah ça oui, on crève de chaud, répondit encore le Diable en s'essuyant le front.

— Et ce soleil...

— Ah ne m'en parle pas, insupportable !

— Cette humidité... insistait encore Hans.

— Ah, l'horreur... regarde-moi, je dégouline !

— Et vous avez senti dehors ce vent chaud qui vous brûle la gorge ?

— Mon p'tit Hans, j'ai horreur de ça, je...

Mais l'homme s'était posté en face de son interlocuteur :

— Alors, vous qui détestez tout ça, pourquoi venir en vacances ici ?

Évidemment, le Diable avait stoppé net. Mais rapidement, Hans vit qu'il avait levé le regard par-dessus son épaule : vers deux gars très typés qui s'avançaient vers eux et qui, en les voyant, s'arrêtèrent pour s'allumer mutuellement une cigarette.

Avec un rien d'hésitation, le Diable reprit sa conversation, sans même un regard pour Hans :

— Euh, en fait, nous sommes en transit pour le pôle Sud. Tiens, d'ailleurs voilà ma Bête qui vient à nous, alors toi qui l'apprécies tout particulièrement, vas donc lui offrir à boire, c'est moi qui paie !

Et une fraction de seconde plus tard, Hans se retrouvait avec une liasse de billets glissée dans la poche de sa chemise, une tape sur l'épaule, et devant lui, la large carrure du Diable, bronzée et bien velue, dans un marcel moucheté de sueur, qui s'éloignait en direction des deux types, tout en retenant comme il pouvait son énorme pantalon rouge.

Mais comme un boulet de canon, la bête avait bondi dans le dos de Hans, agrippée à lui, les mains plaquées sur ses yeux : « *Hans, dis-moi que je t'ai manquée, dis dis... *»

Il écarta rapidement les mains de la Bête, juste à temps pour jeter un dernier regard en direction des deux hommes qui avaient jeté leurs cigarettes, et tête baissée, emboîtaient le pas au Diable jusqu'à se perdre dans la foule de l'aéroport.

* * *

— Mais Hans, que se passe-t-il ? Tu n'es pas content de me voir ? demandait la Bête à celui qui avait à peine tourné la tête vers elle.

— Mais si, très... répondait-il tout en jetant des regards inquiets autour de lui : il examinait les panneaux d'affichage, les portes, et au loin, les silhouettes du Diable et des deux hommes qui disparaissaient rapidement dans le hall en se fondant dans la foule.

Alors, il saisit la main de la Bête, et avec elle, se précipita vers la première porte de sortie « *Venez !* » lui commanda-t-il.

— Wouaouu, toi quand tu t'y mets...

Avec Hans qui la traînait à bout de bras, tous les deux franchirent la première porte vitrée, puis, s'engagèrent à pas rapides sur le large trottoir, devant lequel les voitures venaient déposer les passagers de l'aéroport. Il se disait que là, il aurait plus de chance de rattraper le Diable, sans pour autant être vu de lui, du fait de l'immense clarté du dehors.

— Venez, suivez-moi ! lui disait encore Hans.

— Ah, mais où tu veux... où allons-nous dis ?

Entre deux reflets de la vitre, Hans pouvait discerner le trio du Diable qui arrivait au bout du Hall.

— Là-bas, disait Hans à la Bête... Là-bas nous serons plus tranquilles.

— Plus tranquilles... Oh oui !

Et Hans la tirait toujours d'un pas rapide, slalomant entre les voyageurs, les caddies et les valises, faisant fi des chutes qu'elle ne manquait pas de faire quand elle n'arrivait pas à sauter par-dessus les malles des voyageurs. Au bout de son bras, elle le suivait toujours avec le même ravissement, alors que lui, la tirait toujours plus fort.

C'est que derrière la vitre, il avait perdu trace du Diable et de ses hommes. Aussi, de plus en plus inquiet du tour que celui-ci pouvait bien manigancer, il fit volte-face, se retrouvant au passage, nez à nez avec la bête qui aussitôt l'enlaça : « *Oh Hans...* »

— Non pas ici, trop de monde ! opposa Hans en reprenant le chemin opposé.

— Oui tu as raison, trop de monde !

Et puis enfin, il les vit : il vit le Diable qui distribuait ses liasses de billets aux deux types, des hommes de main, assurément. Mais pour quelle basse besogne ? Pour quel projet obscur dont il n'avait rien vu, rien rêvé ?

Ça n'est pas qu'à ses yeux, Satan devait automatiquement être le meneur de terribles projets à l'encontre de l'humanité, non, il avait bien compris la leçon de ses dernières aventures, mais aujourd'hui, il ne pouvait s'empêcher d'avoir un doute sur ses projets. Et puis quelle coïncidence de se retrouver ici avec lui, dans ce pays où certains criminels en puissance projetaient un coup d'état ; au moment où s'offrait à eux la compagnie du plus imprévisible de tous : celle de Satan en personne.

Aux côtés de Hans, la bête ajustait sa tenue et ses cheveux « *Tu sais, j'ai beaucoup pensé à toi et...* » mais Hans avait repéré que les deux hommes de main avaient remis leurs lunettes noires sur leur nez, et prenaient le chemin de la sortie.

Comme ils s'avançaient vers la porte vitrée, celle-là même devant laquelle il stationnait avec la Bête, il se retourna, prit cette dernière dans ses bras, l'enlaça et l'embrassa langoureusement, encore, et encore...

Les deux hommes du Diable, des durs, balafrés et au visage fermé, passèrent de part et d'autre du couple enlacé. Ils n'eurent même pas un regard pour ces tendres amoureux et se dirigèrent directement vers un taxi qui attendait déjà quelques mètres plus loin.

Du coin de l'œil, Hans les regardait passer, mais il devait maintenant soutenir une Bête quasiment dans les pommes, aux deux bras ballants, et qui n'arrivait même plus à se tenir sur ses jambes. Avec elle, il fit quelques pas de côté pour la déposer dans les bras d'un jeune livreur de journaux « *Vous voulez bien me la tenir un instant !* » lui dit-il tout déchargeant le gamin de son paquet d'imprimés.

Le jeune livreur, les bras soudainement occupés par la jeune femme, ne put rien opposer à Hans qui, dans le même mouvement, allait vers les deux hommes du Diable, en tenant bien haut un journal qui lui masquait le visage :

— *Señores, las últimas novedades... Señores*

Le premier des types le repoussa sèchement, mais Hans renouvela sa tentative auprès du second, qui déjà avait plongé sa main dans une grande poche pour en sortir... une pièce qu'il tendit à Hans.

Alors, fermant les yeux et faisant un violent effort de concentration, Hans referma ses doigts sur la main calleuse du gars...

Et tout passa en lui !

Chapitre III

Caminante

QELQUES jours plus tard, une grande réception était donnée au ranch de *Juan-Alexandro Caminante*, un des grands de la mafia chilienne. Juan-Alexandro avait invité ses amis, connaissances, et même des journalistes, à le rejoindre dans son repaire, perché dans les montagnes, dans le but de sceller l'union de son clan avec celui de *Jeff Cuadrado*, un autre mafioso, celui-là même qui avait croisé la route —et la clinique— du Docteur Gabriel quelques mois auparavant.

« *Aujourd'hui est un grand jour* » disait fièrement Juan-Alexandro à son épouse restée dans la chambre alors que lui, devant le miroir des toilettes, essayait pour la deuxième fois de nouer sa cravate.

— Je ne serai pas fâchée quand tout cela sera terminé, répondait madame Caminante depuis la chambre, je n'aime pas trop l'idée de tout ce monde chez nous.

— Nos invités sont triés sur le volet ma chérie, et question sécurité, notre nouvel ami Jeff Cuadrado ne laisserait pas un cloporte passer.

— Justement, répondait-elle encore, c'est lui qui m'inquiète le plus : je n'aime pas trop ton nouvel ami.

— Nous faisons alliance, c'est tout, une alliance politique qui apportera la paix dans le pays.

— Mouais, quand on me parle de paix avec ce...

Et madame Caminante fit son entrée en se pinçant les lèvres. C'était une petite femme encore jeune, fille de paysans des montagnes d'où ses traits typés rappelant ses origines Atacama.

— Mon Alexandro, tu as des ennuis avec la cravate, c'est ça ? demanda-t-elle en venant se planter devant son mari, et aussitôt elle leva ses mains pour l'aider.

— Non... mais je me perds dans tous ces nœuds voilà tout.

— J'avais bien deviné à ta voix... attends.

Mais ce qu'elle fit, fut de lui retirer la cravate pour l'abandonner sur la chaise et de s'en retourner dans la chambre sans rajouter un mot.

— Ben alors... c'est comme ça que tu m'aides ? protestait-il.

Juan-Alexandro était un homme grand et bien bâti. D'âge mûr, il avait les allures d'un ours, ou d'un gladiateur qui ne comptait plus ses combats dans l'arène. Sous tous les aspects, et pas seulement celui de ses cicatrices, c'était un homme puissant et fort, mais qui paraissait maintenant être un agneau devant sa petite femme.

— Touche pas à cette cravate, disait cette dernière depuis la chambre...

Et celui dont elle devinait le bras tendu pour récupérer sa cravate, s'abstint d'aller plus loin ; alors plutôt que d'approcher sa main, il approcha ses yeux :

— La couleur... c'est la couleur qui ne va pas, c'est ça ? demandait-il timidement.

— Non !

— La texture, le tissu alors, je parie que ça ne va pas avec mon costume...

Mais elle revenait déjà d'un pas rapide, quelque chose dans les mains ; alors Juan-Alexandro se redressa devant le miroir et leva le menton... d'un coup sec elle lui tapa d'abord sur le ventre :

— Rentre-moi ça déjà...

— Humpf, curieux de voir quelle cravate tu m'as dégottée... celle de mon anniversaire, ou la verte... ou bien...

Sur la pointe des pieds, elle se hissa à son cou :

— Aucune ! Monsieur Caminante mon mari, sachez que le jour de la présentation de son fils nouveau-né, on ne porte pas de cravate, on porte un nœud papillon.

* * *

Elle avait pour lui des yeux très amoureux. Son Alexandro c'était son grand amour.

Les anges savent pourquoi, le *grand Caminante* avait eu le coup de foudre pour cette petite paysanne bousculée par sa Jeep alors qu'avec son équipe, il fonçait dans la pampa régler quelques conflits locaux.

Ses hommes s'étaient raillés de cette gamine qui, à genoux, rassemblait son fagot. Mais lui était descendu pour l'aider, et maladroitement, lui rapportait une à une les banches de bois sec éparpillées dans la poussière. Dans les « *merci...* » de la jeune femme, il n'entendait rien de la peur du chef qu'il était, à la réputation bien connue ; aucune peur non plus de l'homme, le combattant aux épaules si larges et puissantes. Ce brin de femme n'affichait rien relevant de la crainte ou du défi, rien non plus de la haine ou de la vengeance pourtant si commune dans ces régions conquises dans le sang des luttes de clans.

Avec simplicité, elle se contentait de rassembler son fagot avant de s'en retourner chez elle.

Mais lui était revenu le lendemain, une simple maison isolée de la pampa. Il s'était présenté à son domicile en s'inquiétant de son état auprès de ses parents. C'est elle qui avait répondu avec une politesse valant fin de non-recevoir. Il était effectivement reparti tel qu'il était, ou plutôt tel qu'il se sentait être aux yeux de cette fille : c'est-à-dire rien !

Rien de ce qu'il était, de ses combats, de sa hargne pour gravir les échelons, rien de ce qu'il avait souffert, ne serait-ce que pour exister, ne comptait aux yeux de cette jeune femme. Il avait tout réussi, gloire fortune et pouvoir, mais devant elle, il se sentait réduit à néant.

Ce qu'il avait, ou ce qu'il était, tout ça sonnait incroyablement vide devant ce brin de femme qui brillait d'un tout autre feu, une flamme qui lui était étrangère, quelque chose qu'il ne pouvait conquérir par sa force. Ainsi, un pan immense des quêtes personnelles du chef Juan-Alexandro Caminante se révélait soudainement rempli d'un vide absolu.

D'emblée, elle fut tout pour lui.

Et puis un jour, alors qu'il regagnait sa jeep garée à quelque distance de la petite maison de la jeune fille, il s'arrêta et rassembla un bouquet de lys sauvages. Il revint frapper à sa porte pour les lui offrir. Il pensait que lui, qui n'était rien, allait être accueilli comme un clown. Mais non, devant ce bouquet de fleurs, ces simples fleurs du désert sommairement assemblées, les yeux de la future madame Caminante pétillèrent d'une lumière de paradis.

* * *

Juan-Alexandro Caminante, lui aussi, était l'héritier d'une lignée d'ancêtres qui, des décennies durant, avaient cultivé une terre aride au milieu d'une vallée perdue dans les montagnes.

Sous un soleil de plomb, ses parents et grands-parents avaient charrié chaque pierre et chaque rocher de leur champ, sans même l'appui d'une bête de trait. Ils avaient charrué des kilomètres de sillons dans un sol desséché, où les rares plantules de leurs récoltes ne grandissaient qu'à l'eau de leur propre sueur.

Bien plus tard, Juan-Alexandro, le révolté qui avait fui sa condition et avait fait fortune grâce à la mafia chilienne, était revenu dans la vallée de ses ancêtres. Il y avait fait édifier une somptueuse hacienda de style colonial : une bâtisse qui accumulait les étages, et élevait son luxe, ses boiseries d'acajou, ses marqueteries et ses colonnes de marbre, devant de larges balcons aux riches ferronneries.

La maison surplombait les champs de ses ancêtres, dorénavant aménagés en un golf luxueux, dont la terre noire avait été rajoutée à grand renfort de camions et d'hélicoptères. Et enfin, pour satisfaire la soif immense des plantes luxuriantes du parc et de la grasse pelouse du golf, il y avait l'eau de la montagne, pompée à grands frais au plus profond du calcaire.

Mais si la propriété avait acquis ses allures californiennes, ça n'était toujours pas le cas de la route pour rejoindre l'hacienda depuis la ville.

Les invités des Caminantes, s'en rendirent compte, eux qui durent suivre un long chemin de pierrailles dans d'inconfortables *BJ45* à ressorts à lames.

Certes, les plus riches d'entre eux purent bénéficier d'un ballet d'hélicoptères qui les déposèrent sur l'immense pelouse, et les plus téméraires —disons, ceux qui voulaient le laisser paraître— firent la route à l'ancienne, c'est-à-dire à cheval. D'ailleurs, une fois arrivés au ranch après deux bonnes heures de cavalcade, on pouvait voir ceux-là descendre de leur monture, en masquant leurs grincements de dents et courbatures derrière des sourires forcés. Fort heureusement, l'honneur des preux cavaliers ne se loge pas sous leur selle... il était donc sauf.

Toujours est-il que tous, hommes et femmes, amis, politiciens en grande tenue, lieutenants et journalistes, se retrouvèrent ce soir-là dans les salons du ranch, naviguant entre de riches buffets, ou bien se laissant aller à quelques pas de tango sous la musique d'un petit orchestre, parachuté là pour la circonstance.

Jamais loin l'un de l'autre, Juan-Alexandro Caminante et Jeff Cuadrado, les deux plus grands chefs de la mafia, se faisaient photographier main dans la main ou en grandes embrassades, se servaient à boire pour déguster les mêmes vins, s'appelaient « *mon frère* », riaient et plaisantaient des mêmes blagues. Et devant les journalistes qui s'en donnaient à cœur joie, ils affichaient les mêmes sourires, la même concorde.

Jeff Cuadrado, col de chemise ouvert, était un petit bonhomme rond, au crâne dégarni mais à l'œil vif. Toujours inquiet, il laissait à ses interlocuteurs la désagréable impression de n'être qu'à moitié avec eux, tellement son regard s'échappaient sans cesse pour avoir un œil sur tout le monde et sur chaque recoin autour de lui. C'était un ancien réflexe né de ses intrigues et des batailles que, lui aussi, avait menées pour gravir les échelons de la mafia chilienne.

Mais si Jeff Cuadrado, hargneux et colérique, n'était pas toujours perçu comme de compagnie agréable, les larges sourires qu'il affichait aujourd'hui au côté de Juan-Alexandro, avaient un extraordinaire effet de détente sur l'atmosphère de la soirée.

De son côté, Juan-Alexandro Caminante apparaissait comme un homme au comble de sa réussite. À la tête du plus grand clan mafieux du pays, il était à lui seul un état dans l'état, une banque dans la banque, une justice dans la justice. Homme de principes autant que de fermeté, il avait donné à sa direction, un ton paternaliste qui n'était pas sans rappeler les pratiques des clans Siciliens. Il était donc prévisible et compréhensible de tous ceux qui marchaient scrupuleusement dans ses pas, et c'était quelque part, l'opposé d'un Jeff Cuadrado dont chacun redoutait le courroux et les revirements lunatiques.

Par ailleurs, Juan-Alexandro était un bel homme, d'âge mûr, qui s'était marié sur le tard avec cette jeune paysanne des montagnes, de surcroît à moitié indigène ; si toutes les élégantes du pays en avaient déchiré leur robe de prétendante, les autres chefs de clans, lieutenants et sous-lieutenant, avaient surtout tiqué sur l'influence de cette paysanne sur leur grand chef. Et quand enfin elle lui donna un fils, personne ne cacha plus que le taureau qu'il était s'était mué en un doux agneau...

Personne, et surtout pas l'opportuniste Jeff Cuadrado.

* * *

Et justement, quand Mme Caminante en personne fit son apparition en haut des escaliers de marbre pour présenter au public l'enfant nouveau-né, Juan-Alexandro monta prestement les marches à sa rencontre.

Tout le monde remarqua qu'il s'arrêta quelques pas en dessous d'elle ; de là il lui tendit la main. Leurs yeux brillaient l'un pour l'autre d'une mystérieuse tendresse, et encore plus pour le trésor qu'elle tenait dans ses bras et dont elle écarta doucement quelques linges pour le laisser admirer par son heureux père. Chacun dans l'assemblée, chaque journaliste, chaque lieutenant, scrutaient la scène... en embuscade.

Mais sans prévenir, le chef Jeff Cuadrado rejoignit le couple sur les marches, et avec une certaine audace, il prit le nourrisson dans ses bras pour poser avec lui devant les flashes de la presse nationale. Et voilà tous les journalistes qui jouaient des coudes au pied de l'escalier pour immortaliser l'événement sur leurs pellicules : la nouvelle famille, le nouveau pouvoir, la nouvelle aristocratie était là...

Qu'on se le dise !

En arrière-plan, madame Caminante affichait un sourire crispé : tous ces journalistes qui s'agenouillaient devant eux dans l'espoir de la meilleure vue, ces aristocrates qui portaient bien haut l'enfant chéri pour glorifier sa naissance, ces autres qui présentaient leurs cadeaux... malgré leurs sourires et leurs courbettes, ils n'en étaient pas pour autant des Rois-mages.

Elle leva des yeux inquiets vers son époux, qui ne semblait pas comprendre

* * *

La soirée avançant, voilà que deux nouveaux invités firent leur apparition dans le grand hall de la résidence : c'était le Diable et sa Bête qui entraient, déjà en grande tenue.

Satan avait gardé son chapeau haut-de-forme, sa cape, ses gants blancs et sa canne ; la Bête, très élégante, était vêtue d'une très longue robe rouge et noire qui remontait jusqu'à son collier d'acier et de perles noires ; elle lui cintrait la taille et révélait à tous des formes on ne peut plus sexy.

Dès leur entrée, ils furent aussitôt salués par leur hôte : Juan-Alexandro Caminante qui alla directement à eux, main tendue, puis les présenta à Jeff, son nouvel associé :

— Mon ami, je te présente *Don Giovanni Caruso*, une des grandes familles de Sicile qui nous fait l'honneur de sa visite pour assister à l'union des nôtres.

— Caruso ? connais pas... disait, avec un brin de méfiance, Jeff Cuadrado qui devait lever les yeux devant la haute stature du Diable.

— Voyons, vous ne connaissez pas le grrrrand ténor, Enrico Caruso ? répliquait Satan.

— Euh, sans doute...

— Eh bien, c'est de notre famille.

— Un ténor vous dites ?

— Mon ami, continua le Diable avec beaucoup de manières et en appelant l'assentiment de ceux qui s'étaient regroupés autour de lui, on ne peut pas prétendre à dominer le monde sans être capable de le chanter haut et fort, ne croyez-vous pas ?

Mais Jeff Cuadrado coupa court en se retournant pour prendre une coupe de champagne :

— Vieille école... pour ma part, je me contente du chant de la poudre !

De son côté, la Bête s'était retrouvée largement entourée par les autres convives : ces messieurs admirant sa beauté... que ces dames jalousaient. Mais, peu à l'aise avec le parler espagnol, elle ne pouvait qu'offrir ses sourires à ses hôtes. Aussi ce fut le Diable qui la tira de là, en l'amenant rejoindre Madame Caminante qui, avec son bébé dans ses bras, était restée sur la première marche des escaliers pour recevoir les félicitations des autres convives.

— Voilà celui que je voulais te montrer, disait le Diable à la Bête, en venant faire un *guiliguili* sous le menton d'un bébé effarouché.

La Bête regardait avec curiosité alors que, pour calmer l'enfant, la mère entonnait l'air d'une berceuse du pays. Ceci amena Juan-Alexandro à demander au Diable :

— Cher ami, ne dit-on pas que vous êtes un fameux ténor ?

— Ah... mais tout à fait, répondait Satan, flatté, qui gonflait déjà son torse.

— Alors, peut-être pourriez-vous nous faire partager quelque grand succès ? quelque chose pour l'enfant... sans trop l'effaroucher bien sûr !

— Sans trop l'effaroucher ?... Ah ah, évidemment... D'ailleurs, j'ai quelque chose de doux, et qui s'adresse plutôt à sa mère, un chant comme... comme une *bonne-aventure !*

Il claqua sèchement les doigts à l'attention de la bête « *Occupe-toi des ménétriers...* » et elle s'en alla rejoindre l'orchestre pour montrer aux musiciens la nouvelle partition qui venait, par magie, d'apparaître sur leur pupitre. Puis, quand le maestro eut gagné le centre du hall, c'est elle qui donna à l'orchestre le signal du départ.

Les premières notes des violons, guitares, trompettes et percussions, laissèrent au Diable le temps de se racler la gorge ; les convives se retournèrent tous vers le centre du grand salon, puis Satan laissa à sa voix grave et profonde, tout l'espace du hall de marbre pour un vol majestueux et tendre :

Stabat mater dolorosa
Iuxta Crucem lacrimosa,
Dum pendebat Filius [1]

Un *Stabat mater,* en latin, devant cette assemblée, cela aurait paru incongru à des oreilles averties, mais l'œil malicieux de Satan ne voyait autour de lui que des sourires admiratifs et béats... Alors il continua de plus belle, en forçant sur le *vibrato* autant que sur les décibels, aidé par un orchestre qui —toujours par magie— semblait avoir des ailes :

Cujus animam gementem
Contristatam et dolentem
Pertransivit gladius, gladius [2]

Et d'un geste soudain, il arracha sa lourde cape et son costume, laissant apparaître une tenue de centurion romain, toute étincelante, bardée de cuir, d'or et d'acier, ainsi qu'un puissant glaive qu'il sortit de son fourreau pour le brandir bien haut en hurlant : « *Gladius... Ah ah ah... Gladius !* »

Il était comme un général haranguant ses armées, un César avec une voix qui aurait porté par-dessus les

1. La mère des douleurs se tenait là,
   Au pied de la croix, en larmes
   Tandis qu'on y suspendait son Fils
2. Âme gémissante
   Désolée et dolente
   Transpercé par le glaive !

Alpes ! Si la majorité des invités marquaient leur surprise, voire leur effroi, Jeff Cuadrado et son équipe acclamaient la démonstration de force.

Et puis Satan pointa son terrible glaive par-delà la foule, vers la mère, vers Madame Caminante laissée seule sur la première marche des escaliers avec l'enfant dans ses bras. Elle frémissait d'effroi.

> *O quam tristis et afflicta*
> *Fuit illa benedicta,*
> *Mater Unigeniti* [3]

Quel étrange personnage, imposant et menaçant qui, arme à la main, se rapprochait de Madame Caminante... Les gardes du corps du mari firent un pas en avant, mais Juan-Alexandro leva la main pour laisser faire l'immense maestro qui, avec affliction, prenait maintenant la mère et son enfant sous son bras de géant :

> *Quae moerebat et dolebat,*
> *Pia Mater, dum videbat*
> *Nati poenas incliti, incliti* [4]

La fin était tout aussi épique même si personne ne comprenait le sens des terribles paroles que portait son chant... sauf peut-être la mère, parce que son enfant semblait terrorisé !

---

3. Ô Combien triste et déchirée
   Fut cette âme bénie
   Près de son unique enfant
4. Elle pleurait se désolait
   Et tremblait à la vue
   De son fils, assassiné.

* * *

Mais quelle voix, quel spectacle épique, surtout pour le bouillant Jeff Cuadrado qui adorait ce genre d'envolée martiale antique, glaive à la main : il applaudissait à tout rompre, imité par une salle qui restait sous le charme de cette musique, conquise par les vibrations de la voix du Diable... plus que par le sens de ses obscures paroles !

Évidemment, et toujours pour rester sous les feux des projecteurs, Jeff Cuadrado s'approcha du Diable qui saluait avec déférence pendant que la Bête lui rapportait sa cape et le débarrassait de sa lourde lame.

— Magnifique, répétait Jeff Cuadrado sans cesser d'applaudir, magnifique, c'est dans quel opéra ?

— *Jenkins*, répondit distraitement le Diable. le *Stabat Mater* de Karl Jenkins

— ... connais pas

« *Les ignares...* » confia discrètement Satan à sa bête...

À son tour, elle se pencha vers son maître :

— C'est peut-être parce que Jenkins ne composera son *Stabat Mater* que dans une trentaine d'années !

— Quoi ? Comment ça dans trente ans ? Tu aurais pu me le dire... de quoi j'ai l'air, moi, maintenant ?

— C'est que vous aviez surtout l'air d'y tenir, conclut-elle en s'éloignant !

« *Bon, mais quand même, c'était pas mal !* » se dit encore le Diable à lui-même, pendant qu'il recevait encore les louanges de l'assistance.

— Quelle interprétation formidable ! félicitait aussi Juan-Alexandro Caminante. Et quelle sensation... cette voix et cette soldatesque brandissant un glaive tout près d'une mère et de son enfant... J'en frémis encore !

— J'ai compris combien ils vous sont chers, répondait le Diable.

— Ah, si quelqu'un devait porter malheur à ma femme ou mon enfant, je ferai tomber sur eux le feu des enfers.

— Mais j'y compte bien... enfin je veux dire, quoique de plus humain ?

* * *

Les guitares de l'orchestre reprirent rapidement des sonorités plus avenantes. L'assistance se retourna vers le buffet, et les groupes se reformèrent pour discuter à l'envi de cet épisode épique.

Un peu plus tard, Jeff Cuadrado, verre à la main, s'approcha à son tour du Diable :

— J'avoue avoir eu du mal à saisir toutes les paroles de votre opéra italien !

— C'était du latin cher monsieur !

— Ah voilà donc ! Mais compte tenu de vos racines, je m'attendais à d'autres standards comme... euh, « *Aida* » ou euh... « *La Force du Destin* » par exemple, vous connaissez ça ? moi j'adore !

— *La Forza del destino*. Ah ah, grand classique, et c'est un sujet tout à fait d'actualité, et qui vous sied à merveille cher ami.

— Oui oui, *La Force du destin*, renchérissait Juan-Alexandro, j'ai le disque… Mais Maestro, voulez-vous nous faire l'honneur ?

Et sans attendre, il claqua des doigts et lança de nouvelles instructions à destination de l'orchestre. Le Diable était bien pris à son propre jeu. Mais, avec les notes de l'orchestre qui défilaient maintenant, il se résolut de bon cœur à s'avancer jusqu'au centre du hall, à respirer profondément puis, comme un véritable maître d'opéra :

Le minaccie, i fieri accenti,
portin seco in preda i venti… [5]

Mais soudainement, de la porte d'entrée largement ouverte, une voix inattendue lui chanta la réplique qui coupait court à son récital :

No, l'inferno non trionfi,
Va, riparti [6]

Tout le monde se retourna :

— Mais… c'est Hans Jacob ! disait le Diable, furieux.

— Et il chante ! applaudissait la Bête.

* * *

---

5. Vos menaces, vos insultes,
   C'est le vent qui les emporte…
6. Non, l'enfer ne triomphera pas
   Va… pars !

À son tour, Hans salua le public charmé de cette mise en scène, décidément pleine de surprise et de rebondissements. C'est Jeff Cuadrado qui vint directement à sa rencontre, prenant le jeune homme par l'épaule pour le conduire vers le maître des lieux.

Ces deux-là se connaissaient donc !

— Juan-Alexandro mon ami, je te présente Hans Jacob qui nous est envoyé par le consulat de la RDA. Je t'avais dit que j'avais eu beaucoup de contact avec leur grande nation, et Monsieur Jacob est venu nous assurer de leur aide, n'est-ce pas monsieur Jacob ?

— C'est bien ça, confirmait ce dernier, enchanté Monsieur Caminante.

Alors que les poignées de main s'échangeaient ainsi que les coupes de champagne, Hans prit le temps de gratifier la Bête d'un élégant baisemain, et le Diable de lui glisser à l'oreille :

— « *Envoyé par le consulat* » n'importe quoi...

— « *Caruso...* » laissez-moi rire !

— Mouais, n'empêche que ta *petite magie* aurait pu trouver mieux que ce mensonge !

— Désolé j'avais pas l'orchestre.

Entre les deux, la Bête ne tarda pas à glisser un plateau de mignardises ainsi que ses sourires : « *Messieurs, messieurs voyons...* » Alors le Diable et le jeune homme se servirent, et firent bonne figure chacun de son côté... quelques instants seulement, parce que très vite...

— Maintenant sans rire, l'homme, que fais-tu ici ?

— Et vous, *que diable* manigancez-vous encore ?

Satan partit alors d'un rire grinçant :

— Ça n'est certainement pas tes affaires l'homme !

— Bien sûr... c’est ce qu’on verra !

Chapitre IV

Le rapt

L A NUIT était enfin arrivée. Après une longue soirée entre danses, cocktails, discours et autres spectacles, les convives étaient tous repartis. En hôte prévenant, Juan-Alexandro Caminante avait demandé à son personnel, ses lieutenants et jusqu'à son dernier garde du corps, de raccompagner ses invités sur les routes difficiles de la sierra. Les hélicoptères étaient repartis, les véhicules aussi et presque tous les chevaux de la grande écurie.

Au cœur de l'hacienda qui s'endormait dans la vallée déserte, ne restait que lui, avec son épouse et leur enfant.

— Tu vois que tout s'est bien passé, disait-il à sa femme qui l'aidait à éteindre les lumières de la grande maison.

— Ce grand bonhomme... j'ai eu peur quand il s'est approché de moi avec son épée.

— Oui, un sacré comédien, on s'y croyait tous !

Juan-Alexandro était jovial, mais madame Caminante avait une voix toujours empreinte d'inquiétude.

— Même le bébé avait frémi dans mes bras, je le sentais totalement pris de panique, je n'avais qu'un désir, c'est que ce bonhomme s'en aille.

Dans la pénombre à peine éclairée par la lueur de leur propre chambre, Juan-Alexandro prit son épouse dans ses bras...

— Il est parti, c'est fini maintenant, et dehors tout est calme, nous ne risquons rien ici.

— Alexandro, tu as renvoyé toute ton équipe... et si...

— Et si quoi ? Qui oserait lever la main sur nous ?

— Je ne sais pas, je me demande, c'est tout.

— Tu penses à Jeff Cuadrado ? Je sais que tu ne l'aimes pas, mais c'est le dernier qui voudrait nous faire du mal, il veut cette union !

— Alors, peut-être quelqu'un qui ne voudrait pas de cette alliance !

Il hésita un instant, mais prit très vite son ton le plus rassurant :

— Alors celui-là ne faisait pas partie de nos invités de ce soir, je te le garantis ! Et en plus, ils sont tous repartis sous bonne garde, c'est bien pour ça qu'il ne reste plus que nous deux ce soir !

Elle soupira enfin « *Oui, tu dois avoir raison* ».

— Bon, et notre bébé alors, il dort ? demanda-t-il d'un ton plus jovial.

— Il est dans sa chambre, mais je me disais qu'on aurait pu le prendre avec nous...

— Oh, crois-tu vraiment ? c'est que...

Elle glissa sa main contre sa joue :

— Alexandro mon amour, je vois bien que tout s'est très bien passé pour toi et ton projet d'alliance, mais j'ai un tel pressentiment, s'il te plaît...

Il baissa les yeux, puis la serra tout contre lui :

— Il n'arrivera jamais rien à notre enfant, je te le jure, je t'en donne ma parole : je vous protégerai toi et lui tant que j'aurai un souffle de vie.

Elle ferma les yeux et but ses paroles. Et puis après un baiser sur ses lèvres, il rajouta :

— Alors allons nous préparer et j'irai moi-même te l'apporter au lit.

* * *

Mais du plus haut rocher surplombant la petite vallée, deux sombres cavaliers semblaient attendre sur leur promontoire.

Recouverts de longues capes ténébreuses, sur des montures à la robe plus noire que la nuit, leur présence sur la ligne des crêtes, ne se devinait que par les étoiles du ciel que masquaient leurs inquiétantes silhouettes.

Immobiles comme deux oiseaux de proie à l'affût, ils épiaient dans le silence l'hacienda qui s'endormait.

Et bientôt, dans la vallée, deux lampes torches sortirent des arbustes en s'agitant. Deux lampes aux mains d'hommes en noir qui couraient maintenant sur les pelouses du golf. Depuis leur promontoire, les deux cavaliers semblèrent un instant s'agiter : sous leurs yeux,

les deux lumières gagnaient les abords de l'habitation...
dans laquelle elles disparurent.

Peu après, il y eut les cris d'une femme, deux ou trois
coups de feu, des lumières qui vinrent illuminer toute la
maison, et puis les mêmes lampes torches qui sortaient
prestement de l'Hacienda : les mêmes deux sombres silhouettes dont l'une portait un étrange paquet dans les
bras.

Sur le pas de la porte éclairée, c'est Juan-Alexandro
Caminante qui sortit le premier, armé d'un fusil qu'il
ajusta fermement à l'épaule... Il visa dans la nuit, mais
sa femme, terrifiée, arriva dans son dos et hurla :

— Non, non ne tire pas... tu pourrais blesser l'enfant !

* * *

Du haut de leur repaire, l'un des cavaliers dit seulement : « *Ils l'ont...* »

C'était le Diable et sa Bête sous leurs capes à large
capuche. Satan avait abandonné ses sourires de soirée
pour son plus noir regard, qu'il gardait encore fixé vers
la vallée.

De là, montait le cri de rage d'un Juan-Alexandro
qui jetait son fusil au loin. Les ravisseurs étaient déjà
loin dans le parc, et se sentant totalement impuissant,
l'homme se laissa tomber à genoux en se prenant la tête
dans des mains qui tremblaient d'une fureur à peine
contenue. À ses côtés, se tenait sa jeune femme aux bras
ballants, comme tirés vers la terre par le poids immense
de l'absence de l'enfant. Tétanisée, elle suivait encore du

regard les lumières qui s'évanouissaient dans le noir, les pâles lumières de ceux qui avaient volé son fils... jusqu'à ce que ses larmes les fissent totalement disparaître de sa vue.

« *Stabat mater dolorosa...* » disait Satan d'une voix grave en regardant dans la vallée, ce bout de femme sur le pas de sa maison.

Puis, très tranquillement, il fit faire demi-tour à sa monture, visiblement satisfait de ce qui était son œuvre. À peine rajouta-t-il pour sa Bête : « *On peut y aller...* »

Mais avant même de commencer sa descente...

— Maître, regardez...

Bras tendu, sa Bête se pressait de lui montrer ce qui était en train de se passer dans la vallée : sous leurs yeux, un cavalier était sorti des bois et fonçait sur les deux kidnappeurs. Les ayant rattrapés, son cheval fit plusieurs cercles autour des deux hommes qui n'arrivaient plus à s'enfuir... jusqu'à ce que le cavalier se penchât pour arracher l'enfant des mains de son ravisseur.

« *Mais, mais...* » Là-haut, le Diable maugréait comme jamais, alors qu'en bas, un des hommes avait sorti une arme de poing qu'il pointait déjà vers le cavalier

« *Tire, mais tire donc... tant pis pour l'enfant !* » lui disait l'autre kidnappeur.

Des coups de feu retentirent...

Pour échapper aux balles qui sifflèrent à ses oreilles, le cavalier fit volte-face, et usa de ses éperons pour s'éloigner le plus possible des tirs. Et en quelques courtes secondes, il se perdit dans la nuit.

— Maître, c'est Hans ! disait la Bête, c'est Hans qui a pris l'enfant !

Satan était furieux, il écumait, fumait, au point de devoir serrer au plus près, les rênes de sa monture, effrayée de la colère de son maître. Puis d'un bras magistralement tendu vers le fond de la vallée, il ordonna à sa Bête : *« Va... va la Bête, et rattrape-le ! Ramène-moi cet enfant ! »*

Aussitôt, la Bête frappa de ses éperons les flancs de son cheval, si fort que celui-ci se cabra et poussa un hennissement qui retentit dans la nuit. Puis elle lança sa monture dans une descente vertigineuse, une ligne droite suicidaire dans la pente la plus raide de la montagne.

* * *

Devant leur habitation, sur le pas de la terrasse de bois, monsieur et madame Caminante restaient les témoins effarés d'un étrange spectacle : des coups de feu, des cris terribles, les hennissements de chevaux qui emplissaient la vallée. Mais ça n'était que la manifestation attendue de la tempête qui faisait rage dans leur cœur.

Juan-Alexandro était défait. Il cherchait des réponses *« Qui ? Pourquoi ?... »* mais sentait bien que les explications, quelles qu'elles fussent, arriveraient trop tard.

Alors il se maudissait d'avoir envoyé ses gardes sur les routes... ils ne rentreraient qu'au petit matin. Il haïssait sa naïveté, celle de n'avoir pas fait installer le téléphone, ou ne serait-ce qu'une radio longue portée.

Et par dessus tout, il abhorrait son arrogance, sa vanité d'avoir soutenu mordicus à sa femme que rien ne pouvait arriver qui ne fut déjà prévu par lui, par son intelligence, par sa force !

Et à genoux à ses côtés, était sa femme, immobile et silencieuse, le regard perdu dans la nuit.

Au comble de la honte, lui, n'osait pas la regarder. Il voyait bien qu'elle était comme ce jour, où l'ayant bousculée, elle s'était retrouvée à genoux devant son fagot de bois dispersé dans la poussière. Sauf que s'il avait pu alors lui rassembler tout son bois, il se sentait aujourd'hui impuissant à lui ramener son enfant.

À l'époque, il s'était senti vide et faible... maintenant c'était pire : parce qu'il avait donné sa parole.

Chapitre V

Erlkönig

LA NUIT était profonde et noire. Le sentier —s'il y en avait un—, était incertain et conduisait Hans et sa monture vers un dangereux chaos de roches. « *Yeeaaah...* » criait-il à son cheval qu'il encourageait à continuer dans son plus rapide galop dès qu'il le sentait hésiter.

Le chemin importait peu, l'essentiel était de fuir, de s'éloigner des deux ravisseurs dont il entendait encore les balles siffler au-dessus de sa tête : les kidnappeurs étaient toujours dans son dos, et les balles perdues finiraient bien par ne plus se perdre dans le noir. Alors même s'il espérait revenir tôt ou tard vers le ranch, la première chose à faire était de mettre le plus de distance entre ces types et l'enfant, encore enveloppé dans ses draps, et qu'il tenait tout contre lui, tant bien que mal.

Il avait donc bien deviné l'enlèvement du fils Caminante ! Précisément, dès qu'il avait touché la main des hommes du Diable à l'aéroport... Et c'était bien eux, là derrière, qui lui tiraient encore dessus, des types sans aucun scrupule et qui, d'ailleurs, paraissaient bien peu se soucier de la vie de l'enfant.

Visiblement, ce kidnapping, ça n'était pas pour demander une rançon !

Mais soudainement, c'est la voix de Satan qui se fit entendre dans sa tête... comme si elle sortait de partout, comme si elle descendait du ciel :

« Arrête-toi, l'homme et rends-moi l'enfant. »

Aussitôt, le cheval se cabra ! Hans eut toutes les peines du monde à calmer sa monture avant de pouvoir répondre à son tour en criant aux étoiles :

— Non ! j'ai bien compris que vous en vouliez à sa vie.

Et il éperonna le cheval, le laissant foncer ventre à terre sur les chemins de pierrailles.

— Sa vie n'est pas importante, répondait encore la voix, elle servira à sauver ton humanité, tu ne l'as donc pas compris ?

Encore une fois, dès que cette voix descendait du ciel, le cheval de Hans piaffait et se cabrait avec de terribles hennissements avant de repartir dans un terrible galop, grimper les côtes et slalomer à pleine allure entre les rochers ou les silhouettes noires des cactus de la pampa. Autant que lui, son cheval voulait fuir et mettre le plus de distance entre lui et la voix pénétrante du Diable qui lui instillait tant d'effroi.

— Sauver l'humanité en sacrifiant un enfant, criait-il au ciel, vos méthodes sentent la poussière Satan !

Rien ne vint en réponse. Mais avec l'enfant dans ses bras, Hans avait de plus en plus de mal à contrôler sa monture folle, et même à s'y maintenir en croupe. À pareille vitesse, en pleine nuit sur des sentiers défoncés, il sentait bien que son cheval souffrait : ses fers glissaient sur la roche, ses rotules frappaient à se briser ; mais il lui était impossible de calmer sa fureur et retenir son élan. C'est comme si l'animal lui-même fuyait, et cherchait à se soustraire à la présence maléfique du Diable qu'il sentait toute proche.

Et en effet, en se retournant vers l'horizon vaguement éclairé par la lune, il aperçut une silhouette qui galopait dans sa même direction : un puissant cheval noir monté par un cavalier dont le long manteau dansait dans le vent. Hans se douta bien que c'était la Bête du Diable, elle aussi lancée à sa poursuite. Légère et rapide sur un si fort cheval, elle ne manquerait pas d'intercepter sa route.

Et la voix reprit :

— Tu vois bien que tu ne peux rien faire, l'homme.

Et en effet, en plus de la Bête qui le poursuivait, il devait stopper et faire demi-tour devant un amoncellement de rochers qui lui barrait la route. Excédé, Hans hurla par-dessus les hennissements de son cheval, à celui dont la voix provenait de nulle part :

— Mais dites-moi pourquoi vous en voulez à cet enfant.

Et il lança encore une fois sa monture vers une nouvelle route, dans l'infime espoir de pouvoir, peut-être, échapper à la Bête.

— La mort de cet enfant sera mise sur le dos du terrible Jeff Cuadrado, disait le Diable, elle va endurcir le cœur d'Alexandro Caminante. Il s'en suivra une très longue guerre entre leurs deux clans.

De son côté, Hans ne voyait rien au travers de la nuit. Impossible d'entrevoir le bout du chemin, et dans l'ignorance totale de ce pays, il lui était impossible de percevoir à l'avance le mur de roches qui s'élevait devant lui ou le ravin qui allait lui barrer la route. Au désespoir, il laissait aller sa monture qui, un peu au hasard, fuyait toujours la voix du Diable.

— C'est donc ça que vous voulez, disait-il en essayant de gagner du temps, vous voulez la guerre !

— Si ces deux clans s'unissent, ils deviendront maîtres du pays tout entier. La dictature qui suivra, avec son lot de haine, d'éliminations arbitraires, et de guerre civile, seront bien plus meurtrières. La mort de cet enfant laissera à ces petits chefs stériles le soin de se batailler entre eux, et de laisser leur peuple en paix.

En colère, au bord des larmes et du désespoir, Hans parvint à stopper son cheval, pour crier et supplier la voix qui venait du ciel :

— Ah ! bravo... la mort d'un enfant pour sauver des vies... Ah ! que c'est machiavélique !

Mais son cheval piaffait d'impatience, et n'avait comme idée fixe que de continuer sa course folle. Comme le ciel restait muet, Hans rajouta enfin :

— Mais enfin, il y aurait peut-être d'autres moyens non ?

Le Diable ne répondit pas. Alors Hans lâcha une dernière fois sa monture qu'il ne pouvait plus contenir, d'autant qu'au loin, on pouvait entendre le galop de la Bête qui se rapprochait inexorablement. Et si Satan ne répondait rien, c'était bien parce que l'inéluctable allait tôt ou tard arriver.

* * *

— Rends-toi à l'évidence, poussière d'homme, qu'espères-tu donc à fuir ainsi ? dit enfin Satan avec, maintenant, une certaine délectation dans la voix, ta petite chevauchée va finir par s'achever, et l'enfant sera à moi... Ah ah ah !

En effet, Hans se rendait bien compte de la vanité de sa fuite : dans l'obscurité de la nuit, il perdait tellement de temps à trouver une route qui l'éloignerait de la Bête — et quelle route aurait-il pu prendre ? — Il la devinait maintenant toute proche, il entendait les sabots de sa monture qui martelaient le sol dans un rythme enivrant, comme autant de coups qui s'abattaient sur ses derniers espoirs. Aussi, dans sa tête, remuait-il furieusement ses pensées : peut-être arriverait-il à mettre en place un ultime stratagème... il devait trouver...

Ça devenait urgent !

Sa monture, toujours prise de panique, soufflait et suait abondamment. D'une manière ou d'une autre, un accident fatal se profilait au bout du sentier. Hans savait que dorénavant, il ne devait plus compter que sur son intelligence pour échapper au drame qui se profilait.

Il lui fallait donc du temps, un dernier répit pour concevoir une ultime ruse... rien qu'un peu de temps alors que, devant lui, la montagne venait se refermer sur la vallée : Hans fonçait dans un cul-de-sac !

Et là-haut, au sommet, était la silhouette du Diable, magistral sur sa monture, qui se détachait dans la lumière de la lune naissante. Il jubilait de sa prochaine victoire, riait en voyant l'homme encore tenter de fuir, comme on rit d'un insecte qui se débat en vain dans la toile de l'araignée.

Pour couronner son immanquable succès, le fracas des sabots des chevaux joua, par magie, les notes lancinantes d'un *lied*[1], et par-dessus l'étrange musique, la voix de ténor du Diable qui poussait son plaisir jusqu'à entonner un chant pour toute la vallée :

Wer reitet so spät durch Nacht und Wind ?
Es ist der Vater mit seinem Kind.
Er hat den Knaben wohl in dem Arm,
Er fasst ihn sicher, er hält ihn warm.[2]

Hans rageait de se sentir ainsi pris au piège comme un vulgaire animal de cirque dont se moquait son dompteur. Et en plus, voilà le Diable qui chantait, en

---

1. Schubert, Der Erlkönig
2. Quel est ce cavalier qui file si tard dans la nuit et le vent ?
   C'est le père avec son enfant ;
   Il tient le jeune garçon dans son bras,
   Le serre bien, le tient au chaud

faisant tonner l'orage et jaillir ses éclairs pour mieux encore embellir son spectacle !

Mein Sohn, was birgst du so bang dein Gesicht ?
Siehst Vater, du den Erlkönig nicht !
Den Erlenkönig mit Kron' und Schweif ?
Mein Sohn, es ist ein Nebelstreif[3]

Dans la pluie qui commençait à tomber et les éclairs qui zébraient le ciel, Hans pouvait apercevoir la Bête, enveloppée d'un grand manteau. Elle le poursuivait à grand galop et sous sa cape, il pouvait voir sa fine silhouette dans la longue robe rouge et noire qu'elle portait encore à la soirée... sa silhouette de femme.

Elle se rapprochait toujours plus, alors qu'au-devant de lui, il n'y avait que les flancs de la montagne qui s'élevaient comme un mur, et la mort de l'enfant que rien, dorénavant, n'allait pouvoir empêcher...

La Bête, peut-être que la Bête pourrait lui être utile ? se demanda-t-il...

„Du liebes Kind, komm geh' mit mir !
Gar schöne Spiele, spiel ich mit dir,
Manch bunte Blumen sind an dem Strand,
Meine Mutter hat manch gülden Gewand[4] "

---

3. Mon fils, pourquoi caches-tu avec tant d'effroi ton visage ?
   Père, ne vois-tu pas le Roi des Aulnes ?
   Le Roi des Aulnes avec sa traîne et sa couronne ?
   Mon fils, ce n'est qu'un banc de brouillard.
4. « Cher enfant, viens donc avec moi !
   Je jouerai à de très beaux jeux avec toi,
   Il y a de nombreuses fleurs de toutes les couleurs sur le rivage,
   Et ma mère possède de nombreux habits d'or»

Aidée par ses dons extraordinaires qui lui permettaient de suivre la meilleure route au cœur de la nuit, la Bête arrivait à pleine vitesse sur sa puissante monture. Déjà, elle tendait un bras vers Hans en lui criant : « *Hans, arrête-toi ! Hans...* »

Mein Vater, mein Vater, und hörest du nicht,
Was Erlenkönig mir leise verspricht?
Sei ruhig, bleibe ruhig, mein Kind,
In dürren Blättern säuselt der Wind [5]

Alors, tentant le tout pour le tout, Hans tira fortement sur ses rênes, et parvenant enfin à stopper la course de son cheval, il en descendit en toute hâte.

Derrière lui arrivait la Bête qui, dans un dernier rush, avait poussé sa monture dans un galop d'enfer. Quand le cheval arriva nez à nez avec l'homme qui, avec l'enfant dans ses bras, marchait au-devant d'elle au milieu d'un étroit défilé, l'animal dut réagir brutalement pour éviter la terrible collision : avec un hennissement de frayeur, il se redressa, enfonça ses sabots dans la poussière et engagea ses postérieurs, allant presque jusqu'à s'asseoir, à la limite de perdre totalement l'équilibre.

Une fois arrêté à quelques centimètres de Hans et du bébé, l'énorme animal se redressa enfin, soufflant et tremblant de l'énorme décharge d'adrénaline qu'il venait de subir dans ses chairs.

---

5. Mon père, mon père, et n'entends-tu pas,
   Ce que le Roi des Aulnes me promet à voix basse ?
   Sois calme, reste calme, mon enfant !
   C'est le vent qui murmure dans les feuilles mortes.

Accrochée dans son dos, la Bête ne put retenir sa monture qui, effrayée, voire même en colère, se cabra magistralement pour hennir à pleins poumons.

Mais Hans ne recula pas, au contraire, s'approchant au plus près de l'animal, il posa un moment une main reconnaissante sur son museau pour caresser l'animal. Puis il se porta jusque devant le genou de la Bête, elle aussi, tout aussi haletante que sa monture, il leva son regard vers elle... et lui tendit l'enfant :

— Tenez... prenez-le, et faites attention, avec cette pluie, il pourrait tomber malade.

— Quoi ?...

— Mettez-le tout contre vous, insistait-il tout en glissant l'enfant tout contre le ventre de la jeune femme. Et il rajouta encore :

— Il n'y a que vous pour le protéger, serrez-le bien sur votre peau, qu'il ne prenne pas froid.

— Mais...

Et il s'éloigna : « *Je vous prends les rênes, c'est moi qui guiderai votre cheval, surtout, prenez bien soin de l'enfant !* » et il laissa le tout petit dans les bras de la Bête, alors que dans le ciel continuait le *lied*, imperturbable :

„Willst feiner Knabe du mit mir geh'n ?
Meine Töchter sollen dich warten schön,
Meine Töchter führen den nächtlichen Reihn,
Und wiegen und tanzen und singen dich ein [6] *"*

---

6. «Veux-tu, gentil garçon, venir avec moi ?
   Mes filles s'occuperont bien de toi
   Mes filles mèneront la ronde toute la nuit,
   Elles te berceront de leurs chants et de leurs danses»

Avec les rênes du second cheval en main, Hans remonta sur sa monture qu'il laissa partir dans un nouveau galop. Dans cette nouvelle course folle, la Bête se cramponnait d'une main à la paume de sa selle, et de l'autre, tenait le bébé, bien serré tout contre elle.

Et son regard, rempli de toute sa confusion, croisa celui de l'enfant... Elle s'arrêta sur ses yeux grands ouverts, elle le sentait respirer et chanter des gazouillis ; elle découvrait ses sourires, et ses toutes petites mains que le bébé tendait vers elle.

Alors elle se pencha encore plus vers lui, et le serra davantage contre sa poitrine...

Mein Vater, mein Vater, und siehst du nicht dort
Erlkönigs Töchter am düsteren Ort ?
Mein Sohn, mein Sohn, ich seh' es genau,
Es scheinen die alten Weiden so grau [7].

Mais voilà que le Diable s'était, lui aussi, lancé à leurs trousses. À son tour, il galopait derrière eux ; il s'amusait de son propre spectacle, chantait, et comme un chef devant son orchestre, sa main lançait des éclairs qui tombaient avec fracas tout autour des deux cavaliers.

„Ich liebe dich, mich reizt deine schöne Gestalt,
Und bist du nicht willig, so brauch ich Gewalt!"
Mein Vater, mein Vater, jetzt fasst er mich an,

---

7. Mon père, mon père, ne vois-tu pas là-bas
   Les filles du Roi des Aulnes dans ce lieu sombre ?
   Mon fils, mon fils, je vois bien :
   Ce sont les vieux saules qui paraissent si gris.

Mais la monture de la Bête finit par perdre pied : effrayée par le tonnerre et les éclairs, épuisé par sa course, l'animal chuta brutalement en avant !

Tête la première, sa cavalière fut précipitée dans un long vol plané, jusqu'à retomber lourdement à terre où, s'étant mise en boule pour protéger l'enfant, elle brûla son élan dans les cactus et des taillis couverts d'épines, jusqu'à terminer sa course sur des pierres aux arêtes vives.

Mais Satan, magistral, ne cessait de chanter son propre triomphe, l'apothéose d'une scène improvisée, mais qui n'était pas pour lui déplaire :

Dem Vater grauset's, er reitet geschwind,
Er hält in Armen das ächzende Kind,
Erreicht den Hof mit Mühe und Not, [9]

Et il mit pied à terre et dirigea ses pas vers sa Bête qui se redressait avec peine sur ses genoux ensanglantés. Puis, devant l'immense amphithéâtre de la vallée, Satan, qui savourait déjà sa victoire, ouvrit bien grand les bras et termina son chant avec solennité :

Und in seinen Armen, das Kind war tot [10]

---

8. « Je t'aime, ton joli visage me charme,
   Et si tu ne veux pas, j'utiliserai la force. »
   Mon père, mon père, maintenant il m'empoigne !
   Le Roi des Aulnes m'a fait mal !
9. Le père frissonne d'horreur, il galope à vive allure,
   Il tient dans ses bras l'enfant gémissant,
   Il arrive à grand-peine à son port
10. Et dans ses bras, l'enfant était mort.

— NEIN !... hurla la Bête...

* * *

Elle avait rugi à s'en arracher les cordes vocales et son cri roulait dans la vallée encore plus fort que l'écho de l'orage !

Tout en serrant le bébé dans ses bras, elle n'avait de cesse de répéter entre ses sanglots : « *Nein, nein...* »

Hans était descendu de cheval et se précipitait vers celle dont il voyait avec effroi le manteau totalement déchiré, la robe en lambeaux, sa peau maculée d'écorchures et les cuisses déjà rouges et largement entaillées. De ses bras et de sa tête coulait du sang que la pluie emportait, mais sur son visage, radieux, il y avait un large sourire et quelque chose de magique pour l'enfant qu'elle gardait au creux de ses bras.

Horrifié, Hans s'agenouilla devant elle !

— Oh mon Dieu, est-ce que ça va ? osa-t-il demander.

— L'enfant n'a rien, répondit-elle calmement en venant poser sa joue sur le bébé.

Campé devant eux, Satan avait posé les poings sur ses hanches, dodelinait d'un énervement croissant, et passait son regard, à la fois noir et interdit, de l'homme, à sa Bête :

— *Nein ?...* Mais comment ça « *nein* »... qu'est-ce que ça veut dire ce « *nein* » ?

Alors Hans se releva, et allant se tenir aux côtés du Diable, il lui glissa doucement :

— Cher ami, je crois que vos projets battent de l'aile.

70

À terre sous leurs yeux, il y avait la Bête du Diable, toute courbée sur son précieux fardeau d'où des petites mains aux doigts minuscules venaient se poser sur son visage, sur ses joues, et papouillaient ses lèvres.

Après une très profonde respiration, le Diable n'eut qu'un geste pour Hans Jacob : remuant l'index comme la promesse d'une terrible punition, il lâcha entre ses dents : « *Alors toi, l'homme...* »

Mais les éclairs avaient déchiré tellement de nuages que la pluie redoublait. Dans le tonnerre qu'il avait lui-même déclenché, Satan regarda le ciel avec un profond soupir, espérant peut-être que l'eau sur son visage, le lavât d'un impérieux et nécessaire débordement de colère. Puis il croisa les bras et s'adressant à Hans :

— Bon... Alors toi qui est si malin, l'homme, tu peux nous dire ce qu'on va faire maintenant ?

Hans se contenta de sourire et de hausser les épaules : « *Ben...* » et il retira sa veste de costume pour aller en recouvrir la Bête et l'enfant !

Alors, bouton après bouton, le Diable dégrafa sa longue cape tout en serrant les dents et en pouffant quelques jurons bien contenus, et à son tour, il alla en recouvrir sa Bête ainsi que l'enfant qu'elle portait dans ses bras.

* * *

Cette nuit-là, descendant les vallées arides qui menaient au ranch de Juan-Alexandro Caminante et sa femme, il y avait trois cavaliers dont les chevaux se suivaient à pas prudents sur les rochers glissants. Une pluie droite, froide et mouillante, tombait en cordes sur eux et leur monture.

En-tête, Satan, avec chemise et gilet détrempés, maugréait comme à son habitude :

— Dis-donc l'homme, je présume que c'est toi qui va assumer toutes les responsabilités de tes actes ? Hein, qu'en penses-tu ?

Fermant la marche, était Hans Jacob, frigorifié et aux épaules fermées, avec sur ses épaules, rien de plus que sa chemise blanche qui lui collait à la peau :

— Vous tenez vraiment savoir ce que pense votre *poussière d'homme* ?

— Ah ah ah... Fais donc de l'esprit avec moi...

Et entre ces deux cavaliers, sous les manteaux de ses deux compagnons qui la préservaient de la pluie, au secret de son alcôve avec le tout petit enfant qu'elle gardait bien serré contre sa peau, il y avait la Bête du Diable qui leur murmurait :

— Chut, silence vous deux ! Le petit s'est endormi...

Chapitre VI

Marraine

Entre Alexandro Caminante et sa jeune épouse, un silence de plomb s'était installé. Après une longue attente, tous deux s'étaient retrouvés à genoux dans l'immense salon désert, froid et sombre. À cause de l'orage, l'électricité avait sauté et il n'y avait que quelques bougies pour donner un semblant de lumière dans ce grand et triste espace.

Alexandro tenait sa femme contre son torse, couvrant son dos de sa chaleur... et pas grand-chose de plus. Il sentait sa respiration saccadée, cassée de mille sanglots ; elle ne disait rien, mais son silence hurlait. Il devinait son regard, ses grands yeux perdus dans le noir... tout comme les siens.

Tous deux craignaient le pire pour leur enfant, leur seul enfant, inespéré, qu'ils avaient eu après une longue attente, au désespoir de pouvoir fonder une famille et d'avoir une descendance. Mais l'enfant était né, un bel enfant en bonne santé et c'était un miracle.

Et puis ce rapt... un kidnapping ? Mais alors pourquoi ces coups de feu dans la nuit, ces cris et ces hennissements ? Quelqu'un aurait-il voulu les aider ?

Alors, pendant de longues heures, tous les deux avaient cherché dans la nuit, puis attendu... des nouvelles, ou bien quelqu'un. Ils avaient espéré, ne serait-ce qu'un message, quelque chose comme une demande de rançon. Ils avaient fouillé partout dans leur grande maison et sur ses abords. Mais il n'y avait rien. Ce rapt ressemblait de plus en plus à un règlement de compte : on voulait faire payer quelque chose à la famille Caminante et leur enfant en était le prix.

On lui avait pris son fils, et c'était un cauchemar pour Alexandro. De surcroît, la situation lui échappait, à lui le puissant chef Caminante, et ça aussi, c'était insupportable !

Mais surtout, il sentait la main de sa femme qui lui prenait la sienne, comme pour lui dire toute sa confiance, une main tendre pour l'assurer toujours de son amour... et ça, c'était l'enfer sur terre.

Et puis trois silhouettes firent leur entrée dans le salon. Trois improbables, dégoulinant d'une tout aussi improbable pluie en cette période de sécheresse, trois ombres qui avançaient dans la lumière des bougies.

Alors quand du silence, jaillit un petit gazouillis...

***

Pour permettre à ses héros de se réchauffer et de sécher leurs vêtements, Juan-Alexandro avait allumé un feu d'enfer dans l'imposante cheminée du salon.

Accroupie devant l'âtre, était madame Caminante qui donnait le sein à l'enfant affamé, et sur le tapis à ses côtés, il y avait la Bête du Diable, simplement couverte d'un peignoir, les cheveux mouillées, et le visage tendu vers l'enfant, qu'elle regardait sans bouger.

Sur sa peau, ses blessures semblaient s'être refermées comme par magie, mais en son cœur de Bête restait une étrange brèche, comme une fente qui semblait bien devoir rester ouverte.

La nuit arrivait à son terme. Juan-Alexandro sautillait, courait partout : il n'avait de cesse de faire des allées et venues pour apporter à chacun de quoi se sécher et se changer, mais aussi ses meilleurs alcools, et de quoi manger à profusion. En fait, il leur offrait tout ce qu'il avait... tout ce qui aurait pu faire plaisir à ses sauveurs.

Et quand il passait devant sa femme et son enfant retrouvé, ses yeux se brouillaient aussitôt :

— Si vous saviez comme nous avons eu peur...

Il ne pouvait plus retenir des larmes mêlées d'un sourd esprit de vengeance : « *Ah si je pouvais savoir qui a fait le coup !* »

— Sans doute des bandits de grand chemin, attirés par la perspective d'une rançon, tentait d'expliquer Hans qui enfilait une nouvelle chemise... une sèche.

— Tous mes hommes étaient partis raccompagner nos invités, dit encore Alexandro, quelle erreur ai-je faite de laisser personne à la maison !

« *Todo esto es culpa mia* [1] » rajouta-t-il doucement à l'intention de sa femme ; celle-ci en profita pour complimenter ses sauveurs :

— *Si no hubiesen intervenido ustedes... de verdad, son nuestros ángeles de la guardia !* [2]

— Mais comment avez-vous fait ? demandait encore Alexandro, tout le monde était déjà parti, vous étiez encore ici ?

— Par hasard, on avait croisé ces types, ils avaient l'air louche, répondit Hans avec un petit regard malicieux pour le Diable, ça se voyait comme le nez au milieu du visage qu'ils préparaient un mauvais coup !

Satan toussa... Avec un cigare déjà bien entamé entre les doigts, et un verre de Pisco à l'autre main, lui n'avait pas besoin de serviette pour *évaporer !* Le regard sombre, il profita un instant de l'absence de son hôte pour questionner Hans Jacob :

— À propos, l'homme, comment as-tu fait pour deviner mes projets, au point de te dégotter de fausses accréditations de ton consulat et de te faire inviter ici en même temps que nous !

Hans ne répondit pas, et désigna du regard Madame Caminante qui donnait toujours le sein à son enfant.

— Ne t'inquiètes pas pour elle, rajouta le Diable, elle ne comprend pas ta langue. Alors ? Je te sais assez malin, mais je ne comprends toujours pas comment tu aurais pu avoir la vision de ce qui allait arriver.

---

1. Tout ça c'est ma faute

2. Si vous n'étiez pas intervenus !... vraiment, vous êtes nos héros!

— Justement, je n'avais rien vu !

— Vraiment ?

— Oui, et c'est à l'aéroport que j'ai compris que ça n'était pas vous qui alliez exécuter le sale boulot, mais des hommes de main, des gens dont je ne connaissais rien et dont je ne pouvais rien voir... Alors il m'a suffi de les suivre et d'un simple contact avec eux, j'ai eu la vision de leur projet !

— Mais c'est qu'il est diabolique ! salua Satan en levant son verre... sans pour autant cacher une certaine réserve dans la voix.

Dans le même temps, revenait Juan-Alexandro avec encore des piles de vêtements : « *Prenez ce qui vous fait plaisir... prenez tout ce que vous voudrez pour m'avoir rendu mon fils !* »

Madame Caminante, elle aussi était au bord des larmes d'avoir retrouvé son enfant. Un si bel enfant qui, joues roses et tout à sa tétée, n'avait d'yeux que pour la Bête.

— *Parece que le tiene mucho cariño.* Lui disait madame Caminante.

La Bête leva des yeux interrogateurs vers Hans qui traduisit pour elle :

— Elle dit que l'enfant vous aime bien.

Alors elle aussi sourit, et revint ouvrir ses plus grands yeux devant le spectacle de l'enfant à la tétée.

Et puis soudainement, le nourrisson tendit son bras vers elle, et sa petite menotte aux doigts bien ouverts, qui attendait de la Bête qu'elle offre ses joues à sa caresse. Cette dernière approcha son visage, jusqu'à toucher ces petits doigts, et ferma les yeux pour mieux encore retrouver ce contact magique.

La mère était tellement heureuse d'avoir retrouvé un bébé en si bonne forme, si éveillé, et qui regardait son monde avec de si grands yeux —comme jamais elle ne l'avait vu faire auparavant—. Elle demanda alors à son mari :

— *Pero, ahora que lo pienso, el domingo es el bautizo del pequeño, y si la joven fuese su madrina, parece que le tiene tanto aprecio* [3]

Juan-Alexandro acquiesca immédiatement : « *¡Por supuesto!* [4] »

La Bête demanda encore qu'on lui traduisît la discussion.

— Elle propose que vous soyez la marraine de l'enfant, expliqua Hans.

— La marraine ? c'est quoi la marraine ? c'est comme si je devenais sa bête ?

— Mais non, pas du tout. C'est plutôt comme si vous deveniez aussi un peu sa maman.

Elle resta pétrifiée par l'idée.

Mais depuis son large fauteuil, Satan rompit aussitôt le charme :

— Elle ne peut pas !

Et devant les regards interrogateurs de Hans et de la Bête, il rajouta encore en levant bien haut les sourcils, comme si c'était une évidence :

---

3. Mais j'y pense, dimanche c'est le baptême du petit, et si la demoiselle devenait sa marraine ?... il semble tellement l'apprécier.

4. Mais bien sûr !

— Elle ne peut pas... parce qu'elle n'a pas de nom pour signer le registre !

* * *

En un instant, le regard de la Bête sembla plonger dans un abîme sans fond.

Elle baissa les yeux...

Puis, dignement, elle se leva, laissant glisser le peignoir à terre, et traversa le salon vers les deux immenses portes d'entrée... qu'elle ouvrit largement...

Et elle sortit dans la nuit.

— Quelle dommage, disait Juan-Alexandro. bien sûr, ça serait tellement peu de chose, parce que si mon fils avait été tué, ma vengeance aurait été terrible, mais de me l'avoir rendu, ma reconnaissance vous est encore plus grande... Vraiment, demandez-moi ce que vous voudrez, d'avance, je vous l'accorde !

Hans s'était déjà relevé de son fauteuil et avait pris sa veste qui séchait devant l'âtre ; il s'en allait dans les pas de la Bête, mais au passage, il en profita pour donner du coude au Diable :

— Vous avez entendu ? chuchota-t-il, profitez-en !

— Mmmh ? profiter de quoi ? grommelait Satan.

— Ce que vous n'avez pas eu par le mal...

Satan, un peu las, l'interrompit aussitôt :

— Je ne vois pas ce que tu as contre le mal, l'homme. Le mal comme le bien, fait avancer les choses... mais à sa manière et...

— Justement, ce que vous n'avez pas réussi à avoir par le mal, peut-être l'aurez vous par le bien !

79

— Quoi ? qu'est-ce que tu racontes ?

— Il vous accorde ce que vous voudrez, demandez-lui tout simplement de ne pas faire alliance avec le clan des Cuadrado !

Et Hans s'en alla à son tour vers la porte, alors que dans son dos, les yeux du Diable s'éclairaient enfin !

* * *

Dehors, l'aube s'annonçait déjà par-dessus les montagnes qui ceinturaient la vallée. Le ciel s'était débarrassé des nuages de la nuit, et les mille parfums d'une vallée, pour une fois copieusement arrosée, remontaient jusqu'à Hans et la Bête, tous deux accoudés à la balustrade.

Encore une fois, Hans avait recouvrit les épaules de la jeune femme de son veston, laissant du même coup sur sa peau, un peu de la douce chaleur de l'âtre. Mais une nouvelle fois encore, il se sentait tellement mal à l'aise à ses côtés : lui, l'homme Hans Hacob, avait joué de la Bête, de son innocence, au péril de sa vie à elle, et à son profit à lui.

Dans une aube encore opaque, perçaient les sanglots de la Bête qui parlaient d'eux-mêmes :

— Je n'ai pas de nom, murmurait-elle, je ne suis rien pour personne si ce n'est pour *lui*.

Hans fit quelques pas de côté et se posa tout contre elle.

— Mais si, vous avez un nom.

Elle tourna lentement la tête vers lui... qui rajouta :

— Vous êtes : *« mon amie »*.

Elle baissa les yeux : *« Ça ne donne pas un nom »*

— Mais ça donne tellement de choses…

De nouveau, elle le regarda en reniflant et s'essuyant les yeux. Alors il lui parla ainsi :

— Par exemple : un ami, c'est celui qui vous manque quand il s'en va, c'est celui qu'on est heureux de retrouver quand il vous revient… avec qui on a tellement de plaisir à être, et qui vous aide si vous n'êtes pas bien.

Elle écoutait, les coudes posés sur la balustrade de bois, et les yeux grands ouverts vers lui. Hans se pencha encore plus vers elle, rassurant :

— Et vous avez un ami.

Alors, et sans détourner son regard d'un vide qui semblait l'absorber, elle articula :

— Je… vous manque ?

— Quand vous n'êtes pas là, oui.

— Vraiment, vous avez plaisir à me retrouver ?

— Oui, vraiment.

— Et à être avec moi ?

— Croyez-moi, oui.

Et après un instant d'hésitation :

— Et m'aiderez-vous si j'ai besoin de vous ?

Hans lui aussi hésita… Dans son dos, il y avait cet homme, ce *Caminante* qui avait juré, et failli devant ce qui le dépassait, qui avait donné sa parole et qui n'avait rien pu faire, rien… Et voilà ce brin de femme, Bête des enfers, d'un territoire de l'au-delà, et qui en appelait à sa parole d'homme, tout limité qu'il était, et tellement impuissant… Alors il lui dit quand même :

— Je vous en fais la promesse.

Dans le ciel, jaillissaient enfin les rayons dorés de l'aube. La Bête, si loin de ses enfers et de ses funèbres champs d'âmes damnées, de ses mornes étendues grises d'où ne monte jamais que le murmure des pleurs, s'offrait à la douceur de ce lointain soleil... et des paroles de l'homme. Ce premier feu du soleil était comme une caresse, et les derniers mots de *son ami* étaient comme de l'eau.

Elle se tourna vers lui, et se rapprocha doucement jusqu'à poser sa main sur sa poitrine pour prononcer, avec des sanglots qui lui secouaient la poitrine :

— Alors vous aussi, vous avez une amie, parce que vous me manquez tout le temps, parce que je suis tellement heureuse de vous revoir, et à être avec vous... et gare à celui qui vous ferait du mal, ah oui alors... même si, je le sens bien, je dois partir bientôt !

À peine le temps d'esquisser un petit sourire, que ses mains glissaient autour du cou de Hans, elle l'enlaça... ils s'embrassèrent.

Mais jusqu'à ce que s'ouvre bruyamment la grande porte derrière eux —c'est à dire à une demi-seconde de ce baiser— et à entendre la voix puissante du Diable qui clamait :

— Ah, l'homme... où es-tu donc ?

Et toujours comme par réflexe, la Bête se fit toute petite, coupable innocente... malgré les bras de Hans qui voulaient la retenir près de lui.

Après quelques pas vers eux, le Diable envoya dans le dos de celui-ci une tape magistrale, du genre à déraciner un chêne... Hans arriva tout juste à se rattraper à la rambarde, c'est la Bête qui tomba par terre.

— Ton stratagème a très bien marché, l'homme : cette alliance n'aura pas lieu.

Pantois, Hans aidait la Bête à se relever alors que Satan gonflait ses poumons à la lueur du soleil ;

— Mmmh, décidément, tu sais que tu es un petit malin toi ? Je me demande si je ne devrais pas encore plus me méfier de toi !

Chapitre VII

Le pont

L E RETOUR du trio se fit à cheval. Étrangement, le Diable avait refusé les propositions réitérées des Caminante d'attendre ses hommes, avait refusé un véhicule, et s'était même opposé à bénéficier de la venue d'un hélicoptère pour faciliter leur voyage : pour d'obscures raisons, il avait rejoint son cheval et immédiatement ordonné à sa Bête de le suivre.

Hans n'avait pu que les accompagner.

C'est ainsi qu'à nouveau, ils chevauchaient tranquillement sur des chemins de pierre qui devaient les ramener à la ville. Le soleil qui chauffait déjà un territoire bien arrosé pendant la nuit, avait transformé cette humidité en un dense brouillard à couper au couteau, au point que, en queue du petit peloton, Hans ne voyait même pas le Diable qui ouvrait la marche sur son cheval.

Ils avançaient si lentement que Hans, fatigué d'une longue nuit sans sommeil, somnolait déjà, bercé par sa monture, par son lent balancement et le rythme langoureux des sabots... Mais aussi par la voix lente et profonde du Diable qui s'était remis à chanter, *molto lento* :

Vorüber! Ach, vorüber!
Geh, wilder Knochenmann!
Ich bin noch jung, geh Lieber!
Und rühre mich nicht an. [1]

Devant l'homme, la Bête avait tenu à conserver sa robe de soirée rouge et noire, toute déchirée. Elle n'en avait accepté aucune de celles que lui proposait, avec insistance, madame Caminante. Elle n'avait que ça et le veston que Hans lui avait posé sur ses épaules quelques heures auparavant.

Les yeux dans le vide, perdue dans ses pensées, elle laissait son cheval la conduire, et de temps à autre, se tournait vers Hans pour lui adresser un joli sourire.

Gib deine Hand, du schön und zart Gebild!
Bin Freund, und komme nicht, zu strafen.
Sei gutes Muts! ich bin nicht wild,

---

1. Va-t'en! Ah! va-t'en!
   Disparais, odieux squelette!
   Je suis encore jeune, va-t-en!
   Et ne me touche pas.
   (Schubert, *La jeune fille et la mort*, 1824)

— N'avez-vous pas des œuvres plus modernes à chanter ? demandait Hans, railleur, au Diable devant lui.

— Plus moderne ? mais ces œuvres sont modernes, elles brillent par leur richesse, par leur grandeur. Ton monde n'a pas fait mieux tu sais.

— Ce monde a peut-être généré plus de richesses dont chacun profite...

Hans frissonnait. Dans l'urgence du départ, il ne s'était couvert que d'un gilet, mais le brouillard le prenait maintenant jusque dans les os et ça n'était pas pour améliorer son humeur.

— Ce monde était, certes, moins riche d'argent et de machines à laver, répondait Satan, mais plus par son esprit et son art.

— Voyez-vous ça !

— L'âme de tes contemporains, que je connais assez bien, se dissout dans leurs gadgets à trois sous, leur créativité s'épuise à l'aune de leur productivité. Quelles minables petites pyramides de l'art ou de l'esprit a-t-on construites depuis Khéops, je te le demande.

— Construites par des esclaves ?

— Mais ton humanité est toujours esclave, mon bonhomme, et si tes contemporains ne sont plus esclaves d'un maître avec un fouet, ils le sont du cuir de

---

2. Donne-moi la main, douce et belle créature !
   Je suis ton amie, tu n'as rien à craindre.
   Laisse-toi faire ! N'aie pas peur
   Viens doucement dormir dans mes bras

leur portefeuille et d'un système qu'ils vénèrent comme un Dieu, est-ce mieux ?

— Pas faux, mais ces esclaves-là vivent mieux et plus longtemps !

— Certes, mais crains le jour prochain où on considérera que *santé* et *durée de vie* n'aide pas les idéaux de ton monde, alors tu verras vite disparaître tes vieux inutiles.

— Mouais...

À défaut de chanter, Satan poursuivait maintenant sa leçon...

— La vieillesse des uns, c'est comme la bière chez les autres : ça n'est une richesse, seulement parce qu'on a bien voulu le faire croire... Tu vois, j'ai appris de quelques grands de ton monde, que la première chose à faire pour appauvrir un peuple, c'est de lui apprendre que la fortune réside dans des babioles à quatre sous. Sauf que la vraie richesse...

Mais depuis quelque temps, Hans n'écoutait plus. Il regardait tout autour de lui, essayant de percer, par-delà le brouillard, les mystères d'un chemin qu'il ne reconnaissait pas :

— Je me demande si nous sommes sur la bonne route, demandait-il, je ne reconnais rien du chemin que j'ai pris à l'aller.

La Bête répondit doucement :

— Pour nous, n'importe quel chemin convient pour retourner en enfers, tu sais !

— Oui je n'en doute pas, mais ça n'est pas ma destination... pas tout de suite en tout cas !

— Ne t'inquiète pas l'homme, répondait le Diable, c'est un raccourci.

— Un raccourci ? Ça me semble un peu plus périlleux que la route normale.

— C'est bien pour ça que nous t'accompagnons de bonne grâce, d'ailleurs nous y voilà !

* * *

Et Satan mit pied à terre, au milieu de nulle part. Le chemin, jusqu'ici, n'était pas très large, suivait un flanc de coteaux, et rien ne laissait présumer la fin du voyage ! Il fut suivi par la Bête et par Hans qui lui aussi descendit de sa monture.

— Mais mais, il n'y a rien ici ! protestait ce dernier en venant au côté du Diable.

— Là, regarde ! fit Satan en pointant son doigt vers le néant devant lui.

Hans écarquilla les yeux, et en effet, à la faveur d'une brise, le brouillard dévoila ce qui était un pont de cordes au-dessus d'un large précipice.

Impossible de mesurer la largeur de ce ravin, encore moins sa profondeur, perdue dans la brume opaque. Le pont, fait de planches humides et de vieilles cordes, descendait en bonne pente dans le vide du précipice pour ensuite se perdre dans le nuage avant de remonter de l'autre côté.

L'ouvrage était juste assez large pour laisser passer un homme. Il y avait un vague plancher formé par de longues planches attachées l'une contre l'autre par des cordelettes couvertes de mousse ; un filet bien léger délimitait ses bordées, et le tout était accroché à deux épaisses cordes de chanvre, à hauteur d'homme, qui se lançaient dans le vide d'un bord à l'autre.

— Quoi ? il faut passer par là ? s'indignait Hans avec énergie, mais nos chevaux ne passeront jamais.

— En effet, nous laisserons les chevaux retourner d'eux même à l'hacienda. La ville est toute proche, juste de l'autre côté, il n'y a plus qu'à passer ce pont.

— Euh, ça ne semble pas très solide, il n'y a pas un autre passage plus loin ?

— Non, le passage suivant est à un jour de cheval !

La Bête, qui entre temps avait chassé leurs chevaux, se faufila la première sur des lattes de bois qui se mirent immédiatement à grincer sous son poids. « *Tu viens mon Hans ?* » lui lança-t-elle en s'élançant avec légèreté jusqu'à disparaître dans la brume.

— Tu vois, rajouta le Diable en s'engageant à son tour sur les planches. Et à la suite de sa Bête, il s'enfonça à son tour dans la brume, chacun de ses pas soulevant d'horribles grincements de bois et tiraillement des cordes.

Hans hésitait... On ne peut pas dire qu'il n'avait pas le vertige ! Mais il se disait que c'était ici, la dernière ligne droite de son aventure alors...

Alors délicatement il posa ses mains sur les cordages, serra bien fort le vieux chanvre chargé de mousses... puis posa un pied tremblant sur la première planche.

« *Oups...* » fit-il en l'entendant grincer sous son poids. D'ailleurs, chacun de ses pas produisit le même effet : toutes les planches pliaient dangereusement ;

saines en apparence, elles étaient bouffées par les vers et l'humidité... au point que certaines étaient déjà tombées ; partant, des trous béants apparaissaient de plus en plus sous ses pieds au fur et à mesure qu'il avançait.

— Hey, ne partez pas si vite, attendez-moi ! criait-il.

— On est devant, répondait la voix du Diable, continue, tu n'as rien à craindre.

« *Rien à craindre, rien à craindre...* » Hans bougonnait en regardant ses pieds soigneusement choisir la meilleure assise pour y poser son poids. La planche tenait bon, il pouvait continuer sur la suivante. Par chance, sous ses pieds n'était pas le vide du précipice, mais le linceul blanc du brouillard épais qui l'enveloppait intégralement.

Mais tout d'un coup, la planche qu'il venait de quitter avec un élan sans doute trop fort, se rompit et tomba dans le vide avec un fracas qui résonna longtemps dans le brouillard.

— Tu as des problèmes, l'homme ? demandait la voix sarcastique du Diable.

— Non, non...

Hans avait du mal à ravaler sa fierté. Il estimait que, compte tenu de la pente, il devait approcher du centre de l'ouvrage, il ne restait donc plus que la moitié du chemin à faire.

Mais les planches sous ses pieds, se trouvaient de plus en plus vermoulues, voire totalement absentes. De surcroît, chacun de ses pas achevait de les fragiliser : une sur deux maintenant se brisait sous ses pas; voire finissait dans le précipice.

Il avait beau s'agripper aux grosses cordes pour soulager sa propre charge, il ne comprenait pas comment un grand et lourd type comme le Diable avait pu passer par là... Il allait lui poser la question quand, soudainement, il découvrit qu'il n'y avait plus de planche devant lui !

Le brouillard était encore bien dense et ne lui donnait pas à voir plus loin qu'un vide béant ; il ne comprenait pas comment il aurait pu faire un pas si long, sans mettre le pied dans le vide.

Il appela :

— Ohée, mais où êtes vous ?

Mais le ravin était silencieux. Sous ses mains, les vibrations familières générées par ses compères devant lui, avaient disparu. Étaient-ils déjà de l'autre côté ? Il appela encore :

— Il n'y a plus de planche, comment avez-vous fait ?

Et enfin, du brouillard, la voix du Diable arriva, grave :

— À partir d'ici tu te débrouilles, l'homme.

Hans allait protester, mais c'est la voix de la Bête qu'il entendit d'abord : « *Mais Maître, que faites-vous ?* » ainsi que la querelle qui s'en suivit et dont les échos lui parvenaient dans le brouillard :

— T'inquiète pas pour lui, la Bête ! lançait le Diable.

— Mais ça n'était pas prévu comme ça ! répliquait-elle.

— Allez avance, il se débrouillera très bien. N'est-ce pas que tu te débrouilleras l'homme ?

Celui-ci n'eut pas le temps de répondre, la Bête rouspétait toujours plus fort.

— Mais mais... c'est malhonnête !

— Crois-tu ? Allez avance...

— Maître, mais Hans est mon ami et...

— Ton ami est très malin, il trouvera bien tout seul à se sortir de là, t'inquiète pas pour lui !

— Oh Maîîîître...

— Avance je te dis, t'as du boulot... va t'occuper de tes ouailles

La chamaillerie cessa, pour ne plus laisser qu'un silence opaque.

Hans se retrouvait seul au milieu d'un épais brouillard, au milieu d'un pont vermoulu dont le plancher, fatigué, tombait de lui-même par morceaux derrière lui.

* * *

La Bête aussi se retrouvait à sortir d'un étrange nuage, seule devant l'immense territoire des ombres maudites de son domaine.

C'était après ; c'était ailleurs. Elle avait traversé le Styx, silencieusement ramenée chez elle par son passeur pour qui elle n'eut même pas un mot.

Elle portait toujours la robe rouge et noire de sa mémorable soirée, et même si la soie s'en trouvait passablement déchirée, maculée de boue et du sang de ses propres blessures, c'est ainsi qu'elle avait choisi de retourner chez elle, en enfer.

Sur ses épaules, elle avait aussi le veston de son ami, Hans. Il le lui avait donné quelques heures auparavant... ou bien était-ce quelques minutes... quelques jours ou quelques mois ?

Ici le temps était tellement différent !... différent du temps des *vivants*, différent du temps qui s'écoulait de l'autre côté du *Carrousel* de la vie. Alors, dans tous les cas, ça lui semblait des siècles.

Siècles durant lesquels son *ami* lui manquait déjà tellement.

* * *

Dès son retour en enfer, elle avait dû se plier à quelques tâches ménagères. Mais, à cause d'un très réel manque de conviction, elle avait dû se fâcher, s'énerver et rugir plus que d'habitude pour faire revenir l'ordre au sein ses ouailles, remettre de la terreur au cœur des âmes maudites, dompter les révoltés et lénifier les plus téméraires d'entre eux.

Avec un profond sentiment de lassitude, elle errait maintenant sur les étendues infinies et tristes des enfers, entre les *tas* d'âmes humaines, comme autant de tombes dans un cimetière sans fin : des monticules de boues cachant la honte d'âmes rabougries, recroquevillées sous leur manteau de glaise, et sur lesquels son regard se penchait maintenant avec quelque pitié.

Ne se sentant pas complètement Bête, elle ne s'en estimait pas pour autant *femme*, cette femme qu'elle avait été l'espace d'un instant, sous le soleil rougeoyant de l'aube, dans les bras de Hans, et jusque sur ses lèvres.

Elle en avait le souvenir encore chaud dans son cœur, même si en enfer, il n'y avait plus rien de la chaleur de ce soleil, ni de la clarté de l'aube dans les horizons gris, plus rien non plus des bras de son ami...

de son baiser. Ce qu'il lui restait était une petite flamme au fond d'elle-même, et elle y tenait !

Et puis quand elle arriva —presque par hasard— au pied de son promontoire, cet unique relief au milieu des enfers, cet amoncellement de rochers gris et froids d'où elle observait tout son monde, elle en gravit les marches machinalement, les yeux dans le vide, les pensées tellement loin de là...

Chaque petite chose qui habitait les lieux, insecte, larve ou ver de terre, savait qu'en ces moments où la Bête arrivait au sommet, à l'instant où elle se dressait fièrement au bord du promontoire, il valait mieux se carapater au fond de son trou, se réduire au creux du premier repaire venu, se cacher dare-dare et ne plus ressortir, tellement ses rugissements avaient le pouvoir de tordre leurs mandibules, déchirer leurs ailes, les faire trembler à s'en péter la cuticule... tout insecte qu'ils étaient.

Mais ce jour-là, au lieu de se dresser fièrement, et s'imposer telle la Bête des enfers qu'elle était, elle s'assit, et se recroquevilla sur elle-même. Puis, relevant le veston sur sa tête, elle rentra les épaules et s'y fit toute petite... jusqu'à se retrouver totalement recouverte par la veste de son Hans.

Seule dans l'enfer froid, seule au creux de son alcôve, elle goûtait au plaisir de la chaleur de cette laine si douce, retrouvant dans les fibres, toute l'odeur de son si cher *ami*.

Et quand elle fermait les yeux, elle se remémorait ses moments avec l'enfant, elle sentait encore sur ses joues la caresse de ses menottes, elle revoyait ses yeux, et le regard qu'il levait vers elle... Elle le sentait encore dans ses bras, sur son sein.

Ainsi se laissa-t-elle longtemps porter par l'ivresse de ses souvenirs, le fruit défendu des sensations terrestres, la nostalgie de ces moments de Vie.

L'infinie étendue des enfers n'est qu'un territoire constellé des âmes damnées qui, sous leur manteau de boue, sont comme des armées immobiles, des légions en tas informes et dispersés sur la fange.

Et sur son promontoire, il y avait maintenant une Bête qui, à leur image, s'était pétrifiée sous son manteau !

* * *

Mais un jour, c'est-à-dire plus tard... peut-être même, tellement plus tard, la Bête ouvrit délicatement le veston et regarda devant-elle. Elle avait entendu un petit bruit étrange, là tout proche à ses pieds ; un petit bruit qui s'échappait de l'infini silence.

Alors elle y jeta un regard : c'était un grillon !

Il lui semblait bien l'avoir déjà vu, mais jamais auparavant elle n'avait remarqué combien il lui faisait de grands yeux.